牛乳カンパイ係、田中くん

めざせ！給食マスター

並木たかあき・作
フルカワマモる・絵

集英社みらい文庫

大久保《おおくぼ》ノリオ
5年《ねん》1組《くみ》の恐怖《きょうふ》の大王《だいおう》。ちょっと乱暴《らんぼう》だが、実《じつ》はやさしい一面《いちめん》も…。
田中《たなか》
5年《ねん》1組《くみ》の人気者《にんきもの》。牛乳《ぎゅうにゅう》カンパイ係《がかり》として、給食《きゅうしょく》の悩《なや》みを解決《かいけつ》する。
鈴木《すずき》ミノル
牛乳《ぎゅうにゅう》が飲《の》めない、ちょっと気弱《きよわ》な転入生《てんにゅうせい》。食《た》べ物《もの》の好《す》ききらいが多《おお》い。

御《お》石《いし》井《い》小《しょう》学《がっ》校《こう》のメンバー
増《ます》田《だ》先《せん》輩《ぱい》
田中《たなか》のあこがれの先輩《せんぱい》。
6年《ねん》1組《くみ》の天《てん》才《さい》・給《きゅう》食《しょく》マスター。
多《た》田《だ》見《み》マモル先《せん》生《せい》
5年《ねん》1組《くみ》の担《たん》任《にん》。
生《せい》徒《と》たちをひたすら見《み》守《まも》る、
やさしい先《せん》生《せい》。
三《み》田《た》ユウナ
いつもまわりに気《き》配《くば》り
している、しっかり者《もの》の
委《い》員《いん》長《ちょう》。
難《なん》波《ぱ》ミナミ
大《おお》阪《さか》出《しゅっ》身《しん》。
料《りょう》理《り》のうまい、元《げん》気《き》な女《おんな》の子《こ》。
田中《たなか》くんのライバル!?

もくじ

1杯目《ばいめ》

牛乳《ぎゅうにゅう》カンパイ係《がかり》、田中《たなか》くん

ゴールデンウィーク明《あ》けの今日《きょう》、ぼくは、この御石井小学校《おいしいしょうがっこう》の、5年《ねん》1組《くみ》に転入《てんにゅう》してきた。

ここで出会《であ》った田中《たなか》くんは、『牛乳《ぎゅうにゅう》カンパイ係《がかり》』として活躍《かつやく》している、ちょっとふしぎな男《おとこ》の子《こ》だったんだ。

4時間目《じかんめ》の授業《じゅぎょう》が終《お》わるまで、となりの席《せき》の田中《たなか》くんは、ずっと居眠《いねむ》りをしていた。

眠《ねむ》って舟《ふね》をこぐたびに、坊主頭《ぼうずあたま》がゆれる。

たまに白目《しろめ》。

誰《だれ》が見《み》たって「やる気《き》がないなぁ」と思《おも》ってしまうくらい、田中《たなか》くんは、寝《ね》つづけていた。

急《きゅう》に起《お》きても、眠《ねむ》そうな顔《かお》。

元気《げんき》のない返事《へんじ》。

「まだまだ飲《の》めるぜ」という、ナゾの寝言《ねごと》。

その眠《ねむ》そうな坊主頭《ぼうずあたま》が、まるきりの別人《べつじん》に変《か》わったのが、給食《きゅうしょく》の時間《じかん》だったんだ。

日直《にっちょく》の「いただきます」を聞《き》いた瞬間《しゅんかん》。

田中《たなか》くんは、激変《げきへん》した。


「おまえらぁ、ちゅうもーく！」


びくっ！

とつぜんの大声《おおごえ》に、ぼくはおどろいた。

叫《さけ》びながら立《た》ちあがった田中《たなか》くんは、ロック歌手《かしゅ》のように、イスに片方《かたほう》の足《あし》をのせている。右手《みぎて》に持《も》った牛乳《ぎゅうにゅう》ビンが、なんだかマイクのようにも見《み》えた。

クラスの注目《ちゅうもく》を浴《あ》びて、力《ちから》いっぱい叫《さけ》ぶ田中《たなか》くん。

「オレの血《ち》は、牛乳《ぎゅうにゅう》でできている！」

なんだソレ？　まったく意味《いみ》がわからないよ？

田中《たなか》くんは、牛乳《ぎゅうにゅう》ビンを右手《みぎて》に、大《おお》きく息《いき》を吸《す》いこんだ。

5年《ねん》1組《くみ》のみんなに問《と》いかける。

「準備《じゅんび》はいいかーっ？」

「「「うおおおおおおおおおおっ！」」」

クラス全体《ぜんたい》の大《おお》きな歓声《かんせい》が、給食中《きゅうしょくちゅう》の教室《きょうしつ》をいっぱいにした。

「それじゃあ、いつものヤツ、いくぞぉ！」

クラスが、ひとつに、まとまっていた。

「…………え？」

ぼくは、ハシを右手《みぎて》に持《も》ったまま、ぽかんと口《くち》を開《あ》けてかたまってしまった。

だって、クラスのみんなは、あたり前《まえ》の顔《かお》で、なぜだか手拍子《てびょうし》をはじめたのだから。

パン・パン・パン・パン！
パン・パン・パン・パン！

なんだ？

いったい、なにがはじまるんだ？

ぼくは今日《きょう》、この学校《がっこう》にきたばかり。

いまからなにがはじまるのか、まったく想像《そうぞう》ができなかった。

けれどもぼくは、そのまとまったクラスのふんいきにのまれてしまった。

とまどいながらもハシを置《お》き、みんなの手拍子《てびょうし》に参加《さんか》する。

パン・パン・パン・パン！
パン・パン・パン・パン！

コンサートにも似《に》た手拍子《てびょうし》が、だんだんと、みんなの気持《きも》ちを高《たか》ぶらせていくのがわかった。

そしてそのまとまったクラスの、中心《ちゅうしん》には、さっきまで眠《ねむ》そうな顔《かお》をしていたはずの、あの田中《たなか》くんがいたんだよ。

「え？」

急《きゅう》に、教室《きょうしつ》の、蛍光灯《けいこうとう》が消《き》えた。

窓《まど》ぎわの児童《じどう》が、カーテンの暗幕《あんまく》を、ざーっと閉《し》めた。

真《ま》っ暗《くら》な教室《きょうしつ》の中《なか》、ひとつだけのこった明《あ》かりといえば、なぜだか田中《たなか》くんに天井《てんじょう》から
あてられている、ピンスポットの照明《しょうめい》だけだ。

田中《たなか》くんが、叫《さけ》んだ。

「いくぜ！　まずは、『アルプス一万尺《いちまんじゃく》』！」

なんだソレ？

しかも、5年《ねん》1組《くみ》のみんなが歌《うた》ったのは、あの有名《ゆうめい》なほんわかした、やさしい歌詞《かし》なん
かじゃなかったんだ。

ぼくは、気《き》づいた。

手拍子《てびょうし》のみんなが歌《うた》いはじめたのは、『アルプス一万尺《いちまんじゃく》』の——。

「替《か》え歌《うた》だ！」

♫牛乳《ぎゅうにゅう》、手《こ》に持《も》ち♪

みんなのまーえで♪

楽《たの》しくムリせず、さぁのみましょう〜♪


目《め》を見開《みひら》いた田中《たなか》くんが、牛乳《ぎゅうにゅう》ビンに、口《くち》をつけた。

♫ラーンラララ・田中《たなか》っ！　ラーンラララ・田中《たなか》っ！♪
ラーンラララ・ラララララ　ラララララー　ヘイっ♪

あっというまの出来事《できごと》だった。

「ぷはぁ！」

5秒《びょう》くらいで、田中《たなか》くんは、ビン入《い》り牛乳《ぎゅうにゅう》を飲《の》み干《ほ》した。

スポットライトの中《なか》で、からっぽの牛乳《ぎゅうにゅう》ビンをみんなに見《み》せるため、カンパイの動《うご》きで持《も》ちあげている。

再《ふたた》び教室《きょうしつ》に電気《でんき》がつくと、惜《お》しみない拍手《はくしゅ》で、みんなは口々《くちぐち》にほめた。

「やっぱ、田中《たなか》はすげーよな！」

田中《たなか》くんはからっぽの牛乳《ぎゅうにゅう》ビンを机《つくえ》に置《お》き、他《ほか》の給食班《きゅうしょくはん》へとむかった。


「ミノルくん、びっくりした？　すごいでしょ？」

そうぼくに聞《き》いてきたのは、同《おな》じ給食班《きゅうしょくはん》の、三田《みた》ユウナちゃん。

みんな名札《なふだ》をつけているから、転入生《てんにゅうせい》のぼくでも、このメガネの女《おんな》の子《こ》の名前《なまえ》はすぐにわかった。

「あ。あ。うん。……で、ユウナちゃん。いまのは、なに？」

「田中《たなか》くんはね、『牛乳《ぎゅうにゅう》カンパイ係《がかり》』なんだ。いまのは、係《かかり》の、仕事《しごと》だよ」

「牛乳《ぎゅうにゅう》、カンパイ、係《がかり》？」

なんだソレ？

「給食《きゅうしょく》の時間《じかん》を、最高《さいこう》に楽《たの》しくする係《かかり》なんだよ。ミノルくん、前《まえ》の学校《がっこう》には、『牛乳《ぎゅうにゅう》カン

パイ係《がかり》』はいなかったの？」

「え？　い、い、いなかったよ」

いるわけがない。

『牛乳《ぎゅうにゅう》カンパイ係《がかり》』なんて、ふつう、どこの学校《がっこう》にもいないと思《おも》う。

「給食《きゅうしょく》に関《かん》して困《こま》ったことがあったら、なんでも田中《たなか》くんに相談《そうだん》してね。きっと解決《かいけつ》してくれるよ」

田中《たなか》くんは、このクラスで、ずいぶんたよりにされているようだ。

たしかに教室内《きょうしつない》を見《み》れば、田中《たなか》くんを中心《ちゅうしん》にして、楽《たの》しい給食《きゅうしょく》の時間《じかん》になっていた。

田中《たなか》くんを中心《ちゅうしん》に、楽《たの》しさが広《ひろ》がっているようだった。

給食前《きゅうしょくまえ》の、眠《ねむ》そうな坊主頭《ぼうずあたま》とは大《おお》ちがい。

とても同《おな》じ人物《じんぶつ》だとは思《おも》えなかった。

「さあ、ミノルくん。カンパイしようよ」

ユウナちゃんは班《はん》のメンバーにも声《こえ》をかけ、ぼくの歓迎《かんげい》のカンパイをしてくれようとしていた。

困《こま》った。

そりゃ、歓迎《かんげい》してくれるのは、うれしいよ。

でも、ぼくには、そのカンパイを、素直《すなお》によろこべない理由《りゆう》があったんだ。

「心配《しんぱい》すんなよ。あんなカンパイは、田中《たなか》くらいしかやらねーから」

班《はん》のみんなのニコニコ笑顔《えがお》に負《ま》け、ぼくは、しかたなく、牛乳《ぎゅうにゅう》ビンを手《て》にとった。


ぼくは、牛乳《ぎゅうにゅう》が、飲《の》めないんだよ。


キャップを開《あ》けるだけにしよう。

そうだよ。キャップを開《あ》けるだけなら、飲《の》む必要《ひつよう》はないよね？

そう、思《おも》っていたのに……。

「おい、転入生《てんにゅうせい》！」

うしろから、ぼくを呼《よ》ぶ声《こえ》がした。

ちょっと乱暴《らんぼう》なその声《こえ》の持《も》ち主《ぬし》は、だいぶ乱暴《らんぼう》なヤツだったんだ。

＊

ふりかえれば、声《こえ》の主《ぬし》は、やたら大《おお》きな小学生《しょうがくせい》。

ボールみたいな体《からだ》の上《うえ》に、こわそうな丸顔《まるがお》がのっていた。

名札《なふだ》には、「大久保《おおくぼ》ノリオ」とある。

「ほれ！」

ドンッ！

ノリオは、ぼくの机《つくえ》に牛乳《ぎゅうにゅう》ビンを置《お》いた。

その様子《ようす》は、お正月《しょうがつ》にあそびにきたしんせきのオジサンが、ぼくの父《とう》さんに「ほれ、おみやげ！」と、持《も》ってきたお酒《さけ》のビンを置《お》くときに似《に》ていた。

「飲《の》めよ、転入生《てんにゅうせい》」

やめてよ。ぼくは、牛乳《ぎゅうにゅう》がキライなんだ。

牛乳《ぎゅうにゅう》を、飲《の》めないんだよ。

ノリオは肩《かた》を組《く》んできた。顔《かお》が近《ちか》い。近《ちか》すぎる。

よく見《み》れば、わらうたびに、ノリオの鼻《はな》からは鼻毛《はなげ》が「コンニチハ☺」とはみだしていた。

「いや、あの、その」

「飲《の》めよ。えんりょするな、転入生《てんにゅうせい》」

「いや、その。……要《い》らないよ」

「あ？」

ノリオの表情《ひょうじょう》が、みるみるうちに、くもって行《い》く。

「オイ、いま、なんていった……」

ノリオは、プチトマトとまちがうくらいに顔《かお》を赤《あか》くして、怒《おこ》ってしまった。

「てめぇ、オレサマの牛乳《ぎゅうにゅう》が飲《の》めねぇってのか!!
あぁん!?」

いわなきゃ、ダメか。

カッコ悪《わる》いのをがまんして、ぼくは事情《じじょう》をみんなに伝《つた》えた。

「……じつは、ぼく、牛乳《ぎゅうにゅう》を、飲《の》めないんだよ」

ところが、ノリオは態度《たいど》を変《か》えなかった。

「知《し》らねーよ。オレサマがわざわざ、となりの班《はん》からおまえのために、オレサマの牛乳《ぎゅうにゅう》ビンを持《も》って、立《た》ち歩《ある》いてきてやったんだぞ！」

さっきまでの楽《たの》しい給食《きゅうしょく》がウソのように、教室《きょうしつ》はしずまりかえってしまった。

「オイ、転入生《てんにゅうせい》！　はやく、飲《の》めよ！」

ノリオはそういうと、自分《じぶん》が持《も》ってきた牛乳《ぎゅうにゅう》のキャップを開《あ》けて、ぐいぐいと、ぼくの口《くち》に押《お》しつけてきたんだ。

「んーっ！」

なにかしゃべれば、あのイヤな味《あじ》の牛乳《ぎゅうにゅう》が、口《くち》にはいってきてしまう。

「口《くち》を開《あ》けろ。ぐへへへへ」

牛乳《ぎゅうにゅう》がはいってこないよう、ぼくは全力《ぜんりょく》でくちびるを閉《と》じた。

それでもノリオは、「ぐへへへへ」とわらいながら、全力《ぜんりょく》で牛乳《ぎゅうにゅう》ビンを押《お》しつけてくる。

ん？

「ぐへへへへ」と、わらいながら？

しまった！

気《き》づいちゃった！

わらったノリオの鼻《はな》の穴《あな》からは、さっきの鼻毛《はなげ》が……。

なんておもしろい笑顔《えがお》なんだ！

ダメだ！　このままじゃ、わらって口《くち》が開《あ》いちゃうよ！

牛乳《ぎゅうにゅう》が、口《くち》に、はいってきちゃうよ！

ぼくがわらいをこらえきれなくなる、ほんの直前《ちょくぜん》のことだった。

「やめろ！」

声《こえ》がしたとたん、ぼくの口《くち》に押《お》しつけられていた牛乳《ぎゅうにゅう》ビンが、ふわっと消《き》えた。

「ノリオ。楽《たの》しい給食《きゅうしょく》のジャマをするな」

ここで助《たす》けてくれたのが、田中《たなか》くんだったんだ。

「どうせ、転入生《てんにゅうせい》に無理《むり》やり牛乳《ぎゅうにゅう》を飲《の》ませて、わらわせて、はかせるのが目的《もくてき》なんだろ？」

ええっ⁉

それは、イヤだよ。

「田中《たなか》、かんちがいするな。オレサマは、この転入生《てんにゅうせい》に、なんとかして牛乳《ぎゅうにゅう》を飲《の》ませてやりたいだけなんだぞ。おお、なんてやさしいんだ、オレサマは！」

ノリオは自分《じぶん》で自分《じぶん》をほめていた。

一番《いちばん》めんどうくさいタイプだ。

「おやおや、田中《たなか》くん。大久保《おおくぼ》くん。いったい、なんの騒《さわ》ぎですか？」

担任《たんにん》の多田見《ただみ》マモル先生《せんせい》が、さすがにただ見守《みまも》っているだけではまずいと、やっと様子《ようす》をうかがいにきた。

先生《せんせい》の登場《とうじょう》に、ノリオはあきらめたようだ。

しかし、すてゼリフを忘《わす》れなかった。

「おい、転入生《てんにゅうせい》。牛乳《ぎゅうにゅう》は、毎日《まいにち》、給食《きゅうしょく》にでるんだぞ！」

どういうことだろう？

「飲《の》めるようになるまで、オレサマが、おまえに牛乳《ぎゅうにゅう》を飲《の》ませてやる」

「の、の、飲《の》めるようになるまでっ？」

「なんてやさしいんだ、オレサマは。ぐへへ。覚悟《かくご》しておけ」

ノリオは自分《じぶん》の席《せき》へと帰《かえ》った。

「まずいよ、ミノルくん」

心配《しんぱい》そうな表情《ひょうじょう》で、ユウナちゃんがささやいた。

「ノリオはむちゃくちゃだから、なにをされるかわからないよ」

クラスのみんなの給食《きゅうしょく》のおかずを盗《ぬす》んでいく。

梅雨《つゆ》の時期《じき》にかびたパンを、鼻《はな》にぐいぐいつめてくる。

給食《きゅうしょく》にでたデザートの、みかんの皮《かわ》をつぶしての目《め》つぶし攻撃《こうげき》。

自分《じぶん》には超能力《ちょうのうりょく》があるのだと信《しん》じて疑《うたが》わず、かくにんのため、全員分《ぜんいんぶん》の給食《きゅうしょく》スプーンを、指先《ゆびさき》の力《ちから》だけでへし折《お》っていく。

「ノリオに目《め》をつけられたら、まずいんだよ」

「アイツ、けんかっぱやいよな」

同《おな》じ班《はん》の子《こ》も、心配《しんぱい》そうにつづけた。

どうやらぼくは、転入初日《てんにゅうしょにち》に、大《おお》きなミスをしてしまったようだ。

「でもね、だいじょうぶ。給食《きゅうしょく》の困《こま》りごとなら、田中《たなか》くんに、相談《そうだん》してごらんよ」

「田中《たなか》くんに、相談《そうだん》？」

ユウナちゃんは笑顔《えがお》でつづける。

「きっと解決《かいけつ》してくれるよ。『牛乳《ぎゅうにゅう》カンパイ係《がかり》』の、田中《たなか》くんが！」

＊

帰《かえ》りの会《かい》が終《お》わった。

「よっしゃあ！　みんな、サッカーやろうぜ！」

田中《たなか》くんはみんなに呼《よ》びかけ、いちはやく教室《きょうしつ》を抜《ぬ》けだした。

ぼくはあわててランドセルを背負《せお》う。

廊下《ろうか》をはしり、田中《たなか》くんを呼《よ》び止《と》めた。

「田中《たなか》くんっ……だよね？」

「おう！　たしかおまえは、ミノル、だな？」

授業中《じゅぎょうちゅう》とは、うって変《か》わって、ハキハキと、田中《たなか》くんはしゃべる。

「……あのね、相談《そうだん》が、あるんだけど」

「どうした？『先生《せんせい》！』って呼《よ》ぼうとして、まちがえて『お母《かあ》さん！』っていっちゃったのか？」

……ちがうよ。

そもそも、担任《たんにん》の多田見《ただみ》先生《せんせい》は、おじいちゃんじゃないか。

「ぼく、牛乳《ぎゅうにゅう》を飲《の》めるようになりたいんだけど、どうしたらいいかな？」

――きっと解決《かいけつ》してくれるよ。『牛乳《ぎゅうにゅう》カンパイ係《がかり》』の、田中《たなか》くんが！

ぼくはユウナちゃんのおすすめどおり、田中《たなか》くんに相談《そうだん》をしたんだ。

このまま牛乳《ぎゅうにゅう》が飲《の》めず、これからずっとノリオにつきまとわれるのだけは、ぜったいにイヤだったから。

「うーん。ま、とりあえず、うちにこいよ」

え？

これは、相談《そうだん》をひき受《う》けてくれたということなのかな？

「おい、田中《たなか》ぁ！」

とっくに下駄箱《げたばこ》にむかっていたクラスメイトのひとりが、田中《たなか》くんを呼《よ》びに戻《もど》ってきた。

「なにしてんだ。はやくこいよ」

「悪《わり》ぃ。オレ、今日《きょう》のサッカーは、いけなくなった」

「おいおい、おまえがこないと、もりあがらねぇよ」

「やることがあるからさ。悪《わり》ぃな」

なんど誘《さそ》われても、田中《たなか》くんは、サッカーを断《ことわ》ってくれたんだ。

ふたりで、通学路《つうがくろ》を歩《ある》く。

「なあ、ミノル？　おまえ、サイダー飲《の》めるか？」

「飲《の》めるよ。ていうか好《す》きだよ。……なんで？」

「牛乳《ぎゅうにゅう》がダメでも、ヨーグルトは食《く》えるの？」

「うん、好《す》きだよ。だからさぁ、なんで？」

「へへへへへ。ま、あとでわかるさ」

田中《たなか》くんは、自動販売機《じどうはんばいき》を見《み》つけると、ペットボトルのサイダーを買《か》った。

「田中《たなか》くん、買《か》い食《ぐ》いをすると、怒《おこ》られるよ」

「なにいってんだよ、ミノル。おまえのために買《か》ったんだぞ」

「ぼくのため？」

「おまえが、ノリオをやっつけるための、サイダーさ」

ノリオを、やっつけるための……サイダー？

2杯目《はいめ》

天才《てんさい》・給食《きゅうしょく》マスター、増田《ますだ》先輩！

田中《たなか》くんの家《いえ》は、学校《がっこう》のすぐ近《ちか》く。

団地《だんち》の5号棟《ごうとう》の、3階《かい》にあった。

1段《だん》とばしで、階段《かいだん》を駆《か》けあがる。

玄関《げんかん》をあがってまっさきに案内《あんない》されたのは、田中《たなか》くんの部屋《へや》。

ではなくて。

「え？」

キッチンだった。

「ここは、台所《だいどころ》だよね？」

あんなに給食《きゅうしょく》をおいしそうに食《た》べていたのに、田中《たなか》くんひょっとして、まだ食《た》べ足《た》りないのかな？

「ミノルさぁ。おまえの牛乳《ぎゅうにゅう》ギライは、アレルギーのせいなの？」

「いいや。アレルギーではないよ」

アレルギーであれば、ぜったいに無理《むり》をして飲《の》んではいけない。

命《いのち》に関《かか》わることもあるのだと、前《まえ》の学校《がっこう》で、勉強《べんきょう》したことがあった。

「じゃあ、だいじょうぶだ。オレに、まかせとけ」

「だいじょうぶ？　ぼく、もう5年《ねん》以上《いじょう》、牛乳《ぎゅうにゅう》を飲《の》んでいないんだよ？」

「平気《へいき》じゃん？　いや、知《し》らないけど」

「えー」

ちょっと不安《ふあん》。

「最初《さいしょ》に、大切《たいせつ》なことを、かくにんしようか」

「大切《たいせつ》なこと？」

「本当《ほんとう》は、牛乳《ぎゅうにゅう》なんて、飲《の》めなくったっていいんだぞ」

田中《たなか》くんは、つづける。

「牛乳《ぎゅうにゅう》を飲《の》めないなら、ヨーグルトやチーズを食《た》べればよくね？　おまえ、ヨーグルトは好《す》きだって、さっきいってたじゃん？」

「……いいの、かな？」

前《まえ》の学校《がっこう》の先生《せんせい》は『好《す》ききらいするな！』って怒鳴《どな》ってたんだけど。

プシュッ！

田中《たなか》くんはペットボトルを開《あ》けると、さっき買《か》ったサイダーを、ひとくち飲《の》んだ。

あれ？

さっきは「おまえが、ノリオをやっつけるための、サイダーさ」って、いっていたはずだよね？

「好《す》ききらいなんか、他《ほか》の食《た》べ物《もの》で、補《おぎな》えばいいんじゃん。知恵《ちえ》と工夫《くふう》で、解決《かいけつ》だ」

「知恵《ちえ》と、工夫《くふう》？」

「ミノル。きらいな食《た》べ物《もの》がでる給食《きゅうしょく》の時間《じかん》って、楽《たの》しくないだろ？」

「うん。楽《たの》しくない」

実際《じっさい》、今日《きょう》の給食《きゅうしょく》だって、牛乳《ぎゅうにゅう》でのカンパイを、いつ自分《じぶん》がやらなきゃいけないのか、こわくてしかたがなかったんだ。

きらいな食《た》べ物《もの》のせいで、給食《きゅうしょく》を味《あじ》わうどころじゃなかったんだ。

しかも、ノリオにからまれてしまったことで、明日《あした》からの給食《きゅうしょく》が、ユーウツな時間《じかん》になってしまった。

「それって、たぶん、もったいないぞ」

「もったいない？」

疑問顔《ぎもんがお》のぼくに、田中《たなか》くんは説明《せつめい》してくれた。

「同《おな》じ教室《きょうしつ》で、同《おな》じクラスの、同《おな》い年《どし》の30人《にん》くらいが集《あつ》まって、同《おな》じメシを食《く》う。こんなこと、給食《きゅうしょく》でしかできないんだぜ？」

「たしかに、そうかも……！」

「そんな大切《たいせつ》な時間《じかん》は、5年生《ねんせい》のオレたちには、小学校生活《しょうがっこうせいかつ》ではあと2年間《ねんかん》しかのこされてはいないんだ。その毎日《まいにち》が楽《たの》しい時間《じかん》になるためには、きらいな食《た》べ物《もの》なんか、ないほうがいいに決《き》まってるじゃん」

へぇ！

いままで、考《かんが》えたこともなかったよ！

「キライな食《た》べ物《もの》がなければ、給食《きゅうしょく》は、もっと楽《たの》しくなるんだぞ」

「で、ミノルは、牛乳《ぎゅうにゅう》の、どこがダメなんだ？」

「味《あじ》だよ。味《あじ》。牛乳《ぎゅうにゅう》って、口《くち》にいれると水《みず》っぽいのに、飲《の》んだあと、なんか味《あじ》だけはしっかりのこるでしょ？」

「なーんだ。そんなことかよー」

サイダーを飲《の》みながら、田中《たなか》くんはわらう。

冷蔵庫《れいぞうこ》にむかい、ドアのうちがわから、牛乳《ぎゅうにゅう》パックをとりだした。

「これ、ふつうの牛乳《ぎゅうにゅう》な」

それからガラスのコップを用意《ようい》して、半分《はんぶん》ほどそそいだ。

「で、コイツの出番《でばん》」

そういうなり、いま飲《の》んでいたサイダーを、牛乳《ぎゅうにゅう》の上《うえ》からそそいだのだった。

「なにしてんのーっ!」

「あ。もしかして、友《とも》だちが口《くち》つけたジュースとか飲《の》めないタイプ?」

「いや、そこじゃなくてさ!」

サイダーをそそがれた牛乳《ぎゅうにゅう》は、それはそれは、もう、ひどいことになっていた。

「うわぁ、気《き》持《も》ち悪《わる》い……」

しゅわしゅわという泡《あわ》の音《おと》。とろみがついてしまったのか、少《すこ》しどろどろ? 父《とう》さんの飲《の》むビールみたいに、泡《あわ》は、ずっとのこりつづけた。

白《しろ》く、泡《あわ》だつ、牛乳《ぎゅうにゅう》。

見《み》ただけでも、ちょっとはきそうだ。

そんなアヤシイ液体《えきたい》のはいったグラスを、田中《たなか》くんがさしだした。

「じゃ、ぐいっと、飲《の》んでみ」

「……はぁっ?」

おもわず強《つよ》くでてしまった。

「田中《たなか》くん、なにをいってるの？　牛乳《ぎゅうにゅう》にサイダーをまぜたんだよ。こんなの飲《の》めないよ！」

「そうかな？　ま、飲《の》んでみ」

「えー」

「とりあえず飲《の》んでみって。明日《あした》ノリオに無理《むり》やり飲《の》まされるよりはマシだからさ」

ノリオの、ニヤニヤした丸顔《まるがお》が、頭《あたま》に浮《う》かんだ。

それだけは、イヤだ！

そこでぼくは、おそるおそる、このアヤシイ飲《の》み物《もの》を、なめてみたんだ。

「……どうだ？」

「ん？」

なんだ？

しゅわしゅわして、水《みず》っぽくないぞ。

香《かお》りも、サイダーの香《かお》りしかしないし。

「飲《の》んでみろって。話《はなし》は、それから」

ひょっとして……。

コレ、飲《の》めるんじゃないかな？

ちょっとなめただけだけど、味《あじ》もなんだか、ヨーグルトっぽい。

「……飲《の》んで、みよう、かな？」

それから、ぼくは、このアヤシイ液体《えきたい》を、飲《の》んだんだ。

「どうだ、ミノル？」

びっくりした。

「飲《の》めた！　飲《の》めたよ！」

水《みず》っぽさは、炭酸《たんさん》のしゅわしゅわで感《かん》じなくなっていた。

飲《の》んだあとにのこるはずの牛乳《ぎゅうにゅう》のあのイヤな味《あじ》も、サイダーがすべて、消《け》してくれていた。

「すごいよ、田中《たなか》くん！　まさかぼくが、牛乳《ぎゅうにゅう》を飲《の》めるだなんて！」

味《あじ》も、口《くち》にふくんだ感《かん》じも、少《すこ》しだけ、ヨーグルトのように変《か》わっていた。

「知恵《ちえ》と工夫《くふう》だよ、ミノル」

「これが、知恵《ちえ》と工夫《くふう》、ってヤツかぁ」

すっかり感心《かんしん》しちゃったよ。

田中《たなか》くんは、サイダーのペットボトルをぼくに見《み》せる。

「コイツを、明日《あした》の朝《あさ》はやく学校《がっこう》にいって、みんなにバレないように隠《かく》しておく。このサイダー牛乳《ぎゅうにゅう》を飲《の》み干《ほ》して、ノリオを黙《だま》らせてやればいいさ」

すごい！

ぼくの牛乳《ぎゅうにゅう》ギライを、今日《きょう》初《はじ》めて会《あ》った田中《たなか》くんが、あっというまに治《なお》しちゃったよ！

「じゃ、解決《かいけつ》したし、ポテチでも食《く》おうぜ」

ぼくの感動《かんどう》をいざ知《し》らず、田中《たなか》くんはポテトチップスの袋《ふくろ》を開《あ》けて、お皿《さら》にだした。

*

「あのさぁ、田中《たなか》くん？」

キッチンでポテチを食《た》べながら、ぼくはたずねた。

「『牛乳《ぎゅうにゅう》カンパイ係《がかり》』って、そもそも、なに？」

「ん？　ああ。ざっくりいえば、給食《きゅうしょく》を楽《たの》しくするための係《かかり》だな」

なにを食《た》べるか、だけが食事《しょくじ》なのではない。どんなところで、どういう気持《きも》ちで、どんなひとたちと一緒《いっしょ》に食《た》べるのか。それが食事《しょくじ》のおいしさにつながる。

そんなことを、田中《たなか》くんは説明《せつめい》してくれた。

「オレは、給食《きゅうしょく》を楽《たの》しくするためなら、どんなことでもするぞ。みんなで、楽《たの》しく、食《た》べるんだ」

【みんなで、楽《たの》しく、食《た》べる】

どうやらこれが、田中《たなか》くんの考《かんが》え方《かた》みたい。

「じゃあ、それは、なんでなの？」

「え？」

「『みんなで、楽《たの》しく、食《た》べる』ことに、田中《たなか》くんは、なんでそんなにこだわるの？」

あれ？

どうしてかな？

元気《げんき》だったはずの田中《たなか》くんが少《すこ》し、困《こま》った顔《かお》をした。

けれども「理由《りゆう》は、ふたつあるんだ」と、自分《じぶん》のことをしゃべってくれた。

「オレは今日《きょう》までずっと、ばあちゃんに世話《せわ》をしてもらってきてるんだ」

「え？　お父《とう》さんとお母《かあ》さんは？」

「父《とう》さんは世界一周客船《せかいいっしゅうきゃくせん》のシェフとして働《はたら》いているから、長《なが》いときには半年以上《はんとしいじょう》も家《いえ》に帰《かえ》ってこない。母《かあ》さんはオレが小《ちい》さいころに亡《な》くなった」

「えぇっ？」

もしかしたら、聞《き》いてはいけないことだったのかも？

田中《たなか》くんの説明《せつめい》はつづく。

「だから毎日《まいにち》、食事《しょくじ》は、ばあちゃんと一緒《いっしょ》なんだ。台所《だいどころ》に立《た》つばあちゃんの手伝《てつだ》いをするうちに、オレは、食事《しょくじ》に興味《きょうみ》をもつようになったんだよね」

「おばあちゃんのおかげで、食《た》べ物《もの》の知識《ちしき》が増《ふ》えたってこと？　それは、よかったね！」

「ああ。でもなぁ……」

「でも？」

「オレ、家族《かぞく》みんなで、わいわい、楽《たの》しく食《た》べるって、やったことがなくてさ」

田中《たなか》くんの表情《ひょうじょう》が、少《すこ》しだけ、暗《くら》くなってしまった。

そうか！

おばあちゃんとふたり暮《ぐ》らしということは、とうぜん、食事《しょくじ》だって、ふたりきりだ。

ついつい軽《かる》く聞《き》いてしまったことを、ぼくは少《すこ》しだけ後悔《こうかい》した。

「あ、もちろん、ばあちゃんとの食事《しょくじ》は、本当《ほんとう》に楽《たの》しいんだぞ。ばあちゃん、料理《りょうり》、すげーうまいし」

田中《たなか》くんが給食《きゅうしょく》をもりあげようとしている理由《りゆう》――。

それは、『みんなで、楽《たの》しく、食《た》べる』ことがどんなに幸《しあわ》せなのかを、ぼくたちよりも、わかっているからだったんだ！

少《すこ》ししんみりしてしまったので、ぼくは話《はなし》を変《か》えようとした。

「じゃあさ。もうひとつの理由《りゆう》は、なんなの？　さっき、理由《りゆう》はふたつあるって、いってたよね？」

「尊敬《そんけい》する、先輩《せんぱい》がいるからさ」

と、今度《こんど》は少《すこ》し真剣《しんけん》な顔《かお》で、田《た》中《なか》くんはこたえた。

「増田先輩《ますだせんぱい》、っていうんだ」

「どんな人《ひと》なの？」

「ひとことでいうと、天才《てんさい》だな。天才《てんさい》・『給食《きゅうしょく》マスター』だ」

「給食《きゅうしょく》マスター？」

なんだソレ？

「食《しょく》に関《かん》することすべてで、絶大《ぜつだい》な権力《けんりょく》をもつ者《もの》だ。『食《しょく》』ということだけにしぼれば、総理大臣《そうりだいじん》なんかよりも、よっぽど大《おお》きな権力《けんりょく》をもっているかもしれない」

「総理大臣《そうりだいじん》って、国《くに》のトップだよ？」

もう、給食《きゅうしょく》、関係《かんけい》なくなっちゃったじゃん！

「給食《きゅうしょく》のある中学校《ちゅうがっこう》の時期《じき》までに、『食《しょく》』に関《かん》するバツグンの才能《さいのう》を発揮《はっき》した人材《じんざい》を集《あつ》めるのが、『給食《きゅうしょく》マスター制度《せいど》』の目的《もくてき》らしい」

「意味《いみ》わかんないよ」

「おい、ミノル。そう遠《とお》くない将来《しょうらい》、地球《ちきゅう》の食糧問題《しょくりょうもんだい》はいまとは比《くら》べ物《もの》にならないほど厳《きび》しいものになるんだぞ」

それが、なんなの？

「食糧《しょくりょう》の奪《うば》い合《あ》いで戦争《せんそう》や殺《ころ》し合《あ》いが起《お》こる世界《せかい》が、きっとくる。それまでに、食糧分配《しょくりょうぶんぱい》や、栄養《えいよう》の知識《ちしき》、あるいは会話《かいわ》によるコミュニケーション能力《のうりょく》で敵《てき》をつくらない能力《のうりょく》をバツグンにそなえた優秀《ゆうしゅう》な人物《じんぶつ》を、給食《きゅうしょく》を通《つう》じて、いまから育《そだ》てなければならないんだ」

「それが、『給食《きゅうしょく》マスター』？」

「ああ。日本《にほん》の学校《がっこう》の給食《きゅうしょく》の裏側《うらがわ》には、じつは、そんな目的《もくてき》が隠《かく》されているんだぜ」

……？

御石井小学校《おいしいしょうがっこう》って、かなり変《か》わった学校《がっこう》なんだな？

とにかく。

田中《たなか》くんが「給食《きゅうしょく》マスター」を目指《めざ》しているのは、その尊敬《そんけい》する増田先輩《ますだせんぱい》に追《お》いつきたいからなのだそうだ。

この4月《がつ》、増田先輩《ますだせんぱい》は、「給食《きゅうしょく》マスター」になったばかりだという。

そんな天才《てんさい》・増田先輩《ますだせんぱい》の、生《い》ける伝説《でんせつ》は、止《と》まらなかった。

たとえば、牛乳《ぎゅうにゅう》を3秒《びょう》で飲《の》み干《ほ》してしまう。

たとえば、ふつうの給食《きゅうしょく》を、超高級料理《ちょうこうきゅうりょうり》のように盛《も》りつけることができる。

たとえば、どんな給食《きゅうしょく》でもひとくち食《た》べれば、完全《かんぜん》に同《おな》じ味《あじ》をコピーできる。

たとえば、『最年少《さいねんしょう》・給食《きゅうしょく》マスター』として、全世界《ぜんせかい》が注目《ちゅうもく》する、ユーチューバーだ。

たとえば、増田先輩《ますだせんぱい》がよそった白米《はくまい》は、食器《しょっき》の中《なか》でキラキラと、本当《ほんとう》に輝《かがや》きはじめる。

そして、なにより。

「『給食《きゅうしょく》マスター』になるには、『給食《きゅうしょく》マスター委員会《いいんかい》』からだされる難題《なんだい》を解決《かいけつ》することが必要《ひつよう》になるんだけども、増田先輩《ますだせんぱい》にだされた課題《かだい》というものが、とてつもない難題《なんだい》だったんだよ」

歴代《れきだい》『給食《きゅうしょく》マスター』たちから、増田先輩《ますだせんぱい》にだされた難題《なんだい》。

それは——。


【戦争寸前《せんそうすんぜん》になっているふたつの国《くに》のリーダー同士《どうし》を、食事会《しょくじかい》で、仲《なか》なおりさせよ】


「そんなこと、小学生《しょうがくせい》に、できるわけがないじゃないか！」

「できたんだよ。天才《てんさい》・増田先輩《ますだせんぱい》には」

——**いただきマスダ！**

増田先輩《ますだせんぱい》は高《たか》らかにそう叫《さけ》び、リーダー同士《どうし》をあくしゅさせたそうだ。

気《き》づけばふたつの国《くに》のリーダー同士《どうし》は、増田先輩《ますだせんぱい》をはさんで、満面《まんめん》の笑《え》みで食事《しょくじ》を味《あじ》わっていたという。

「どっちの国《くに》のリーダーも、日本語《にほんご》がわからなかったのに、だぜ？」

楽《たの》しい食事《しょくじ》は、争《あらそ》いを生《う》まない。

戦争《せんそう》は、起《お》こらなかった。

増田先輩《ますだせんぱい》からあふれでる、人《ひと》としての魅力《みりょく》は、言葉《ことば》の壁《かべ》を越《こ》えたのだという。

「『給食《きゅうしょく》マスター』になるためには、『食《しょく》』に関《かん》するどんなムチャな問題《もんだい》をだされても、それを解決《かいけつ》しなくちゃいけない」

「『食《しょく》』に関《かん》する、どんなムチャな問題《もんだい》でも、解決《かいけつ》する？」

「オレが『牛乳《ぎゅうにゅう》カンパイ係《がかり》』として、給食《きゅうしょく》に関《かん》するトラブルを解決《かいけつ》しているのは、その努《ど》力《りょく》のさきに、『給食《きゅうしょく》マスター』への道《みち》がつながっていると信《しん》じているからなんだ」

いっていることは、しょうじき、あんまりわからなかった。

けれども、田中《たなか》くんに、大《おお》きな夢《ゆめ》があることはわかったんだ。

＊

翌朝《よくあさ》。

足《あし》どり軽《かる》く、ぼくは登校《とうこう》することができた。

「おうおう。転入生《てんにゅうせい》よぉ。今日《きょう》の給食《きゅうしょく》の時間《じかん》を、楽《たの》しみにしてろよ」

ぼくがまだ、牛乳《ぎゅうにゅう》を飲《の》めないとノリオは思《おも》っているようだ。

「ぐへへへ」とぼくを挑発《ちょうはつ》してきたのだけれど、そんなのまったく気《き》にならない。

むしろ、ノリオがわらうたび、コンニチハする鼻毛《はなげ》のほうが気《き》になった。

それくらい、よゆうだった。

だって、ぼくには、必殺《ひっさつ》の『サイダー牛乳《ぎゅうにゅう》』があるんだから。

そして、あんなすごい必殺技《ひっさつわざ》を教《おし》えてくれた、田中《たなか》くんと友《とも》だちになれたんだから。

「田中《たなか》くん、おはよう！」

「ああ。ミノル」

あいさつよりも前《まえ》に、田中《たなか》くんは、ヒソヒソと、ぼくにささやいた。

「一番《いちばん》に登校《とうこう》して、サイダーは、そうじ用具《ようぐ》入れに隠《かく》したぞ」

「え？　そうじ用具《ようぐ》入れに？」

きたないよ。

「ビニール袋《ぶくろ》でくるんだからだいじょうぶだ。しかも、そうじは、給食《きゅうしょく》のあとだろ？　給《きゅう》食前《しょくまえ》に、そうじ用具《ようぐ》入れを開《あ》けるヤツなんかいないんだから、ぜったいに、安全《あんぜん》だ」

「なるほど」

さすがは、田中《たなか》くんだ！


しかし。

うまくいかなかった。

まじめなユウナちゃんが、やってしまったんだ。

「あれぇ？」

ピンチは4時間目《じかんめ》のあとに訪《おとず》れた。

机《つくえ》を給食班《きゅうしょくはん》のかたちに動《うご》かしたそのとき、まじめなユウナちゃんは、教室《きょうしつ》のすみっこにゴミがおちていることに気《き》がついた。

「あ、キレイにしなきゃ。きたないところで食《た》べたくないもんね」

ホウキとチリトリを用意《ようい》しようと、そうじ用具入《ようぐい》れを開《あ》けてしまったんだ。

「ん？　なんで、こんなところに、サイダーがあるんだろう？」

ビニール袋《ぶくろ》からとりだしたサイダーを手《て》に、首《くび》をかしげるユウナちゃん。

しばらく考《かんが》えたのち、サイダーを手《て》に、先生《せんせい》の机《つくえ》へとむかった。

「多田見《ただみ》せんせぇ。そうじ用具入《ようぐい》れに、サイダーがはいってましたぁ」

「おやおや、いけませんね。誰《だれ》かがこっそり持《も》ってきたのでしょう。学校《がっこう》に必要《ひつよう》のないものは、先生《せんせい》が預《あず》かっておきましょうね」

ぼくと田中《たなか》くんは、おもわず顔《かお》を見合《みあ》わせた。

（どうしよう！）

ぼくたちが、まさかの事態《じたい》に困《こま》っていると。

「ぐへへへへ。今日《きょう》の給食《きゅうしょく》は、なにかなー」

ノリオは、教室《きょうしつ》の壁《かべ》に貼《は》ってある、献立表《こんだてひょう》をかくにんしていた。

「なになに？　今日《きょう》のメニューは、『五目《ごもく》あんかけそば』と……」

ノリオは、指《ゆび》をさしながら、献立《こんだて》を読《よ》みあげていった。

「デザートは『りんご』かぁ。あとは……おお、忘《わす》れていたぞ！　『牛乳《ぎゅうにゅう》』だ！」

わざとらしい声《こえ》をあげてから、ぼくを見《み》て、「ぐへへ」とわらった。

いっぽう、サイダーを失《うしな》ったぼくのほうは、不安《ふあん》で、ちっともわらえやしない。

「牛乳《ぎゅうにゅう》！　ぎゅうにゅう！　牛乳《ぎゅうにゅう》！　ぎゅうにゅう！」

ノリオのテンションは、はやくもマックスだ。

牛乳《ぎゅうにゅう》をぼくに無理《むり》やり飲《の》ませたくてしかたがないみたいだった。

「どうしよう、田中《たなか》くん……あれれ？」

おもわずもらした声《こえ》に、返事《へんじ》は、なかった。

ぼくのとなりにいたはずの田中《たなか》くんが……。

「いないじゃないか！」

あわてて廊下《ろうか》にでてみると、遠《とお》く、田中《たなか》くんは廊下《ろうか》をはしっていた。

ぼくは声《こえ》を張《は》りあげた。

「おーい、田中《たなか》くーん！　どこいくのーっ！」

「給食調理室《きゅうしょくちょうりしつ》！　おろし金《がね》を、借《か》りてくるー！」

おろし金《がね》って、大根《だいこん》おろしをつくる、アレだよね？

なんで？

「今日《きょう》の献立《こんだて》を見《み》てみろよ！　サイダーの代《か》わりになるものが、あったんだよ！」

どうやら田中《たなか》くんは、ぼくを助《たす》けるあらたな作戦《さくせん》を、思《おも》いついてくれたみたい。

いったい、どんな作戦《さくせん》なのかな？

3杯目《ぱいめ》

食《た》べものを粗末《そまつ》にしたなっ!!

5年《ねん》1組《くみ》では、給食《きゅうしょく》の準備《じゅんび》が進《すす》んでいる。

サイダーを失《うしな》い、不安《ふあん》でいっぱいのぼくを、田中《たなか》くんは教室《きょうしつ》のすみへとつれてきた。

こっそりと、こんなことをいう。

「ミノルには、今日《きょう》、ノリオの前《まえ》で、牛乳《ぎゅうにゅう》を飲《の》んでもらうぞ」

「田中《たなか》くん？　サイダーは、もう、ないんだよ？」

「だいじょうぶだ。給食調理室《きゅうしょくちょうりしつ》から、これを借《か》りてきたんだから」

田中《たなか》くんは、おろし金《がね》をぼくに見《み》せた。

「おろし金《がね》があれば、ぼくは牛乳《ぎゅうにゅう》を飲《の》めるってこと？」

どういうことなんだろう？

「今日《きょう》の給食《きゅうしょく》のデザートは、『りんご』だっただろ？」

たしかに、さっき、献立表《こんだてひょう》で、ノリオがニヤニヤとかくにんしていた。

「りんごをすりおろして、牛乳《ぎゅうにゅう》にまぜれば、飲《の》みやすくなるんだ」

「えっ、そうなの？」

「ああ。サイダーがなくなったって、だいじょうぶ。知恵《ちえ》と工夫《くふう》で、のりきろうぜ」

『サイダー』がダメなら、つぎは『りんご』。

つぎつぎにアイディアがでてくる田中《たなか》くんのことを、ぼくはこころから尊敬《そんけい》した。

田中《たなか》くんの作戦《さくせん》。

それは、こういうものだった。


【無理《むり》やり牛乳《ぎゅうにゅう》を飲《の》ませにきたノリオの目《め》の前《まえ》で、おいしそうに、牛乳《ぎゅうにゅう》を飲《の》み干《ほ》す】


なるほど！

牛乳好《ぎゅうにゅうず》きのひとに牛乳《ぎゅうにゅう》を飲《の》ませても、それはいやがらせにはならないもんね。

牛乳《ぎゅうにゅう》を飲《の》み干《ほ》したぼくを見《み》れば、「なんだコイツつまんねーな」と、ノリオはたぶん、あきてしまう。

ぼくに牛乳《ぎゅうにゅう》を飲《の》ませようとは、もう思《おも》わなくなくなるよね、きっと。

「すごいよ、田中《たなか》くん！　ありがとう！」

ちょうど、そのときのことだった。


「おいおいおいおい！　ニンジンが、はいってるじゃねーか！」


ノリオは、給食当番《きゅうしょくとうばん》のユウナちゃんに対《たい》し、かみつくようにいかりだしたんだ。

ノリオにからまれるユウナちゃんは、『五目《ごもく》あんかけそば』のあんを配《くば》っていた。

「おい、てめぇ！　ニンジンがはいってるなんて、聞《き》いてねぇぞ！」

おどされたユウナちゃんは、こわくて泣《な》きそうになっている。

「さっさととれよ！」

いわれたとおり、配膳用《はいぜんよう》のおたまですくおうとする。

けれども、こわくて、手《て》がふるえて、ニンジンを、なかなかとりのぞけない。

「ノリオ、いいかげんにしろよ！」

田中《たなか》くんがノリオに近《ちか》づいて声《こえ》をかけると、ノリオは「ちっ」と舌打《したう》ちをした。

ユウナちゃんからおたまを奪《うば》い、きらいなニンジンを自分《じぶん》でとりのぞく。

そして、自分《じぶん》の席《せき》へと、戻《もど》っていった。

一方《いっぽう》のユウナちゃんのまわりには、仲《なか》のいい女子《じょし》3人《にん》が集《あつ》まる。

「ユウナ、気《き》にしないで」

「そうそう。ノリオは、ああいうヤツだから」

「ニンジンがきらいだからって、やつあたりはひどいよね」

女子《じょし》たちは、ノリオの乱暴《らんぼう》な行動《こうどう》に、本気《ほんき》で怒《おこ》っていた。

そんな、怒《おこ》る女子《じょし》たちに、隠《かく》れて——。

席《せき》に戻《もど》っていたぼくのそばにくると、田中《たなか》くんは、ぼくの分《ぶん》の給食《きゅうしょく》から、りんごを手《て》にとった。さっき借《か》りてきたおろし金《がね》で、あっというまにすりおろす。

その果汁《かじゅう》だけを、ぼくの牛乳《ぎゅうにゅう》ビンにそそいで、ハシでまぜた。

「よし、できたぞ！」

田中《たなか》くん特製《とくせい》の、『りんご牛乳《ぎゅうにゅう》』の完成《かんせい》だ。

「ミノル。試《ため》しにちょっと、なめてみろ」

口《くち》を近《ちか》づけると、りんごのいい香《かお》りが鼻《はな》に届《とど》いた。

なめて、味《あじ》をかくにんする。

「あ、これなら飲《の》めるよ！　すごいよ、田中《たなか》くん！」

りんごのあまずっぱさで、かなり飲《の》みやすくなっていた。

「これをふつうの牛乳《ぎゅうにゅう》のように、自然《しぜん》に飲《の》め。ノリオの前《まえ》で飲《の》み干《ほ》すんだ」

「うん！」

これさえあれば、ノリオなんて、もうこわくないぞ！

しかし、このときは、まだ――。

大《だい》ピンチが降《ふ》りかかってくるだなんて、わかっていなかったんだ。

＊

「それでは、いた〜だき〜ますっ！」

「「「いた〜だき〜ますっ！」」」

日直《にっちょく》の号令《ごうれい》で、とうとう、給食《きゅうしょく》がはじまった。

給食《きゅうしょく》がはじまるや、そうじ機《き》よりもはげしい吸《す》いこみで、ノリオは給食《きゅうしょく》を平《たい》らげた。

さいごにのこった牛乳《ぎゅうにゅう》ビンを右手《みぎて》に、ノリオはゆっくりと立《た》ちあがった。

ぼくと目《め》が合《あ》うなり、ぐへへとわらう。

「さてさて、転入生《てんにゅうせい》」

ノリオが、のしのしと、近《ちか》づいてきた。

「昨日《きのう》のフブきだ。オレサマが、直々《じきじき》に、おまえに牛乳《ぎゅうにゅう》を飲《の》ませてやるよ。ぐへへへへ」

「なーんだ。その話《はなし》かー」

ぼくは、田中《たなか》くんと目《め》を合《あ》わせてから、なるべく自然《しぜん》にこたえた。

「だったら、もう、いいんだよ」

「あ？　どういうことだ？」

ノリオがこわい顔《かお》で、近《ちか》づいてくる。

「ぼくは、もう、牛乳《ぎゅうにゅう》を飲《の》めるんだ」

「は？　ウソつくんじゃねーよ」

「じゃあ、いまから、ぼくが牛乳《ぎゅうにゅう》を飲《の》むところを見《み》せてあげるよ」

「うるせぇ。オレサマが、直々《じきじき》に、牛乳《ぎゅうにゅう》を飲《の》ませてやるっていってんだよ！」

イラつくノリオは、自分《じぶん》で持《も》ってきた牛乳《ぎゅうにゅう》ビンを、ぼくの口《くち》に押《お》しあてようとしてきた。

ぼくはそれをすばやくよけて、田中《たなか》くん特製《とくせい》の『りんご牛乳《ぎゅうにゅう》』を、手《て》につかむ。

ノリオの前《まえ》で飲《の》み干《ほ》す。

……はずだったんだけど。


ガタン！

びちゃびちゃびちゃびちゃ……。

「あっ！」

「たいへんだ！」

「ノリオが、ミノルの机《つくえ》をけって、牛乳《ぎゅうにゅう》ビンを倒《たお》したぞ！」

田中《たなか》くん特製《とくせい》の『りんご牛乳《ぎゅうにゅう》』が、びちゃびちゃと床《ゆか》にこぼれていく。

あわててビンを立《た》てたけれども、中身《なかみ》はすべて、こぼれてしまった。

「てめぇ。オレサマの牛乳《ぎゅうにゅう》が飲《の》めねぇってのか！　あぁん？」

とつぜんやってきた大《だい》ピンチに、ぼくはすっかりパニックになった。

どうしよう？

必殺《ひっさつ》アイテムの『りんご牛乳《ぎゅうにゅう》』が、なくなってしまったじゃないか。

「さあ、転入生《てんにゅうせい》よ。さっき『飲《の》める』といったよな」

ぼくは言葉《ことば》もなく、床《ゆか》にこぼれた牛乳《ぎゅうにゅう》を、ただただ見《み》おろしていた。

「そこまでいうなら、オレサマの牛乳《ぎゅうにゅう》を、飲《の》んでもらおうか。ぐへへへへ」

大《だい》ピンチだ。

牛乳《ぎゅうにゅう》ビンを持《も》ったノリオが、ゆっくりと、ぼくに近《ちか》づいてくる。

「さあ。オレサマが、直々《じきじき》に、おまえに牛乳《ぎゅうにゅう》を飲《の》ませてやろう。ぐへへへへ」

*

自分《じぶん》の牛乳《ぎゅうにゅう》を、ぼくの口《くち》へとむけてきた。

どうしよう、田中《たなか》くん！

ぼくにはもう、ノリオ対策《たいさく》は、ひとつものこっていないんだ。

困《こま》ったぼくは、どうしてよいのかわからずに、田中《たなか》くんをさがした。

すると。

「おい、ノリオ……っ！」

ぼくの視線《しせん》のさきで、田中《たなか》くんは、ふるえていた。

「おまえ、いま、なにをした？」

田中《たなか》くんは、怒《おこ》っていたんだ。

「ぐへ？」

いかりの握《にぎ》りこぶしをつくったまま、田中《たなか》くんは、ゆっくりと告《つ》げた。

「自分《じぶん》が、いま、なにをしたか、わかっているのかっ？」

ぼくはこの学校《がっこう》に転入《てんにゅう》してきて2日目《ふつかめ》だ。

田中《たなか》くんが、こんなに怒《おこ》っているのを、もちろん見《み》たことがない。


「おまえ、食《た》べ物《もの》を、粗末《そまつ》にしたなっ！」


怒《おこ》る田中《たなか》くんの視線《しせん》のさきにあったのは――。

床《ゆか》にこぼれたままの、牛乳《ぎゅうにゅう》だ。

田中《たなか》くんは、ノリオが机《つくえ》をけってわざと牛乳《ぎゅうにゅう》をこぼしたことを、本当《ほんとう》に、怒《おこ》っているのだった。

「食《た》べ物《もの》を粗末《そまつ》にするなんて……、許《ゆる》せないぞ！」

たしかに、食《た》べ物《もの》をわざとムダにするなんて、ぜったいによくないよね。

「うるせーよ。そんなのはオレサマの自由《じゆう》だろーがよぉ！」

「なんだと、ノリオ！」

「こっちは給食費《きゅうしょくひ》を払《はら》ってんだぞ！　えーと、んーと、んーと、えーと、……バーカっ！」

「反省《はんせい》もなしか。どうやら、おまえには、きつーいお仕置《しお》きが必要《ひつよう》なようだな」

きつーいお仕置《しお》き？

なにをするつもりなんだろう？

田中《たなか》くんは、くるりとふりかえると、給食配膳台《きゅうしょくはいぜんだい》にむかった。

『五目《ごもく》あんかけそば』の、黄色《きいろ》い中華麺《ちゅうかめん》だけを、素手《すで》でつかんで、戻《もど》ってきた。お休《やす》みの人《ひと》の分《ぶん》もふくめて、３人分《にんぶん》の、中華麺《ちゅうかめん》だ。

「食《た》べ物《もの》を粗末《そまつ》にするヤツは、このオレが許《ゆる》さん」

ここで、まじめなユウナちゃんが、メガネの奥《おく》の両目《りょうめ》をキラキラさせて教《おし》えてくれた。

「食《た》べ物《もの》を粗末《そまつ》にするひとを見《み》つけたときの、田中《たなか》くんは、すごいんだよ！」

いったいなにがすごいのか、ぼくにはまだ、わからない。

「ノリオ、覚悟《かくご》しろ！」

いいながら田中《たなか》くんは、なにかをつまむつもりなのか、右手《みぎて》に、ハシを構《かま》えた。

「覚悟《かくご》しろ！」って、中華麺《ちゅうかめん》を片手《かたて》に、田中《たなか》くんはなにをいっているんだろう？
ここからは、あっというまの出来事《できごと》だったんだ。

＊

ぼくは、自分《じぶん》の目《め》を、疑《うたが》ったよ。
ふわっ。
田中《たなか》くんは、左手《ひだりて》をまっすぐ天《てん》にむけ、３人分《にんぶん》の中華麺《ちゅうかめん》を、空中高《くうちゅうたか》く放《ほう》り投《な》げた。
その様子《ようす》は、いままさにサーブを打《う》つ、テニスの選手《せんしゅ》にそっくりだ。
それから、右手《みぎて》に持《も》ったハシを、空中《くうちゅう》の中華麺《ちゅうかめん》に、つっこんだんだ。
「は、速《はや》い！」
ハシを持《も》った手《て》を、腕《うで》ごと、超高速《ちょうこうそく》で動《うご》かしている。
速《はや》すぎて、なにをしているのかは、見《み》えなかった。
ただ、あまりにも速《はや》いから、田中《たなか》くんの右腕《みぎうで》が、３本《ぼん》に見《み》えたくらいだよ。

ハシを持《も》った手《て》の勢《いきお》いがすごすぎて、中華麺《ちゅうかめん》は、空中《くうちゅう》に浮《う》いたままだ。

「わかったぞ！」

なんて、器用《きよう》なんだ！

「空中《くうちゅう》の中華麺同士《ちゅうかめんどうし》を、ハシで結《むす》んで、より合《あ》わせているよ！」

みるみるうちに――。

宙《ちゅう》をまう中華麺《ちゅうかめん》は、長《なが》くてかたそうな1本《ぽん》の、細《ほそ》いロープになっていった。

『**鋼鉄《こうてつ》の麺《めん》ロープ☆**』

「牛乳《ぎゅうにゅう》カンパイ係《がかり》、田中十六奥義《たなかじゅうろくおうぎ》のひとつ、その壱《いち》完成《かんせい》だぜ」

田中《たなか》くんは麺《めん》のロープを、ぐるぐるぐるっと手《て》で巻《ま》いて回収《かいしゅう》した。

「「田中《たなか》くん、すごいっ！」」

ユウナちゃんをはじめ、クラスのみんながおどろく。

たしかに、なんだかわからないけど、まちがいなくすごいとはぼくも思《おも》うよ！

それから、田中《たなか》くんは、からっぽの牛乳《ぎゅうにゅう》ビンを手《て》にとると、麺《めん》のロープのさきにしっかりと結《むす》んだ。

ぶん・ぶん・ぶん・ぶん・ぶん……。

牛乳《ぎゅうにゅう》ビンを重《おも》りにして、忍者《にんじゃ》の鎖《くさり》がまみたいに、ぶんまわしはじめたんだ。

田中《たなか》くんのするどい目《め》は、ノリオに狙《ねら》いを定《さだ》めている。

「なんだ？　なんだ？　なんか……なんか、やべぇぞ」

なんだかわからない不気味《ぶきみ》な危険《きけん》を感《かん》じとり、ノリオは、田中《たなか》くんに背《せ》をむけた。

教室《きょうしつ》の前扉《まえとびら》へ逃《に》げていく。


「逃《に》がさないぞ、ノリオ！」


びゅん！

ぐるぐるぐるぐるぐるぐる！

「ぐへぇ！　なんだこれは！」

飛《と》んでいったロープがまとわりついて、あっというまに、ノリオはしばられていく。

田中《たなか》くんは、ロープの手元《てもと》を上手《じょうず》にあやつり、ノリオをぐるぐる巻《ま》きにしてしまった。

しばられたノリオは、床《ゆか》に倒《たお》れた。

「ふがふがふがふが」

口《くち》をロープでふさがれてしまい、声《こえ》はくぐもっている。

田中《たなか》くんは、倒《たお》れたノリオに説明《せつめい》する。

「ふしぎだよな。2本《ほん》の糸《いと》をより合《あ》わせると、その強《つよ》さは2倍《ばい》ではなく、3倍《ばい》ほどになるらしい。それをひたすらくりかえすと、あっというまに、強《つよ》いロープのできあがりだ」

「ふがふがふが？」

「細《ほそ》く弱《よわ》い糸《いと》も、集《あつ》めれば、強《つよ》くなる。この中華麺《ちゅうかめん》のロープは、まったく同《おな》じやり方《かた》で、できているのさ」

見《み》あげてくるノリオを、田中《たなか》くんは冷静《れいせい》に見《み》おろす。

「ノリオ。おまえは、たしか、ニンジンがきらいだったよな？」

「ふがふがふが」

と、うなずくノリオ。

田中《たなか》くんは、にやりとわらった。

自分《じぶん》の『五目《ごもく》あんかけそば』のあんから、ニンジンを、ハシでつまんだ。

「さあさあ。きつーいお仕置《しお》きの、はじまりだ」

それから、ある言葉《ことば》を、口《くち》にしたんだ。


「〝さあ。オレサマが、直々《じきじき》に、おまえにニンジンを食《た》べさせてやろう。ぐへへへへ〟」


田中《たなか》くんのいい方《かた》は、完全《かんぜん》に、ノリオのいい方《かた》そのものだった。

「おまえは、ミノルに、こういうことを、したんだぞ～」

「ふがふが！　ふがふがふがふが！」

なにか文句《もんく》をいっているのだろうが、麺《めん》のロープでふさがれた口《くち》からは「ふがふが」という音《おと》しかでてこない。

「はい、ノリオちゃん。ニンジンですよ～。あ～～ん」

ノリオにニンジンを食《た》べさせようと、ふざけてわらう田中《たなか》くん。

対《たい》して、ノリオの表情《ひょうじょう》は、恐怖《きょうふ》でいっぱいになっていた。

近《ちか》づいてくるニンジンに、口《くち》を閉《と》じようと必死《ひっし》だ。

けれども、麺《めん》のロープがジャマをして、完全《かんぜん》に閉《と》じることはできていない。

くちびるとロープとのすき間《ま》から、ニンジンが、いままさに、口《くち》にはいる。

その瞬間《しゅんかん》……。


「でもな、ノリオ」

田中《たなか》くんは、ひょいっと、ニンジンをノリオの口《くち》から遠《とお》ざけた。

「おまえが反省《はんせい》しているんであれば、オレも、こういうことはしたくないんだ」

それから、「ふがふが」しているノリオの口《くち》の、ロープをゆるめてやった。

「もちろんです！　反省《はんせい》してます！」

ノリオは叫《さけ》ぶ。

「もう、転入生《てんにゅうせい》に、無理《むり》やり牛乳《ぎゅうにゅう》を飲《の》ませませんから！」

よっぽどニンジンがきらいらしい。

ノリオは本気《ほんき》でおびえていた。

「机《つくえ》もけりません！　牛乳《ぎゅうにゅう》ビンも倒《たお》しません！　ニンジンだけはイヤなんです！　もう、食《た》べ物《もの》を粗末《そまつ》にはしませんから！」

ノリオはほとんど泣《な》きながら、食《た》べ物《もの》を粗末《そまつ》にしたことを反省《はんせい》した。

「それなら、許《ゆる》してやるよ」

そういって、田中《たなか》くんは、ノリオの麺《めん》ロープをほどいた。

「この麺《めん》は、あとで洗《あら》って焼《や》きそばにしてみんなで食《た》べよう」

うん。

田中《たなか》くんは、食《た》べ物《もの》を粗末《そまつ》にしてはいないね。

「ふう……」

ノリオはひとつため息《いき》をついてから、ぼくにむかってこういった。

「きらいなものを、無理《むり》やり食《く》わされるのって、つらいんだな」

イヤなことを自分《じぶん》がやられて、初《はじ》めて気《き》づいたようだった。

「悪《わる》かったな、ミノル」

床《ゆか》に座《すわ》ったままだったけど、ノリオは「すまん」と頭《あたま》をさげた。

このときノリオは、初《はじ》めてぼくのことを、「転入生《てんにゅうせい》」と呼《よ》ばずに、名前《なまえ》で呼《よ》んだんだ。

*

「さあ、給食《きゅうしょく》のつづきだ。みんな、楽《たの》しく、食《た》べようぜ」

そういって、普段《ふだん》の給食《きゅうしょく》に戻《もど》るよう、田中《たなか》くんはみんなに告《つ》げた。

班《はん》に戻《もど》ると、ユウナちゃんが、にこっとわらいかけてきた。

「ね！　田中《たなか》くんに相談《そうだん》して、よかったでしょ？」

「本当《ほんとう》だね！　さすがは『牛乳《ぎゅうにゅう》カンパイ係《がかり》』だね！」

ありがとう、田中《たなか》くん！

その日《ひ》、ぼくは、田中《たなか》くんのおかげで、おいしい給食《きゅうしょく》を食《た》べられたんだ。

4杯目《はいめ》

ライバルっ!? 難波《なんば》ミナミ登場《とうじょう》

昼休《ひるやす》みがそろそろ終《お》わる。

机《つくえ》で5時間目《じかんめ》の準備《じゅんび》をしていたら、うしろから、ガッと肩《かた》を組《く》まれた。

「よかったやん。田中《たなか》のおかげやで」

この関西弁《かんさいべん》の女《おんな》の子《こ》は、難波《なんば》ミナミちゃんという。

「これで、もう、ノリオにいやがらせされへんな」

数年前《すうねんまえ》までは、大阪《おおさか》に住《す》んでいたんだって。足《あし》の長《なが》い見《み》た目《め》のとおり、俊足《しゅんそく》の、スポーツ少女《しょうじょ》だ。好《す》きな言葉《ことば》は『気合《きあ》いと根性《こんじょう》!』らしい。

「ああ。ありがとう。難波《なんば》さん、だっけ?」

「ミナミでええよ。それよりな、ミノル。あんた、今日《きょう》の放課後《ほうかご》、ヒマ?」

「うん。でも、どうして？」

「うちな、あんたに用事《ようじ》あんねん。あんたさぁ……」

ミナミちゃんの言葉《ことば》は、さえぎられた。

「くせぇ！　コレ、くせぇぞ！」

田中《たなか》くんを中心《ちゅうしん》に、男《おとこ》の子《こ》たちが、楽《たの》しそうにはしゃいでいた。

どうやら、クラスの誰《だれ》かの消《け》しゴムが、ものすごく、くさいらしい。

「かげよ」

「うわ、くせぇ！」

「つぎ、オレにかがせて！」

などと、消《け》しゴムを、みんなでクンクンかいでいる。

ぼくに気《き》づいた田中《たなか》くんは、消《け》しゴムを手《て》に、はしってきた。

「すごいぞ、コレ。ミノルも、かいでみろよ」

おそるおそる、かいでみる。

「うわぁ！　くさい！」

たまにあるんだよなぁ、こういう消《け》しゴム。

お父《とう》さんの靴下《くつした》と、もやしたプラスチックをまぜたような、ひどいニオイだ。

「本当《ほんとう》に、くさいね」

くさいものを見《み》つけると、どうして、かぎたくなっちゃうんだろう？

「ホンマ？　そんなに、くさいん？」

となりにいるミナミちゃんも、くさい消《け》しゴムに、興味《きょうみ》をもったようだった。

「うん。ほら、ミナミちゃんも、かいでごらん」

と、ぼくがミナミちゃんの鼻《はな》の前《まえ》に、消《け》しゴムを持《も》っていった、そのときだった。


「「「ダメーっ！」」」


クラスのみんなの、表情《ひょうじょう》が変《か》わった。

みんなの声《こえ》が、ひとつになった。

男子《だんし》も女子《じょし》も、ひとつになって、ぼくに注意《ちゅうい》をしているんだ。

なんでだ？
そう思《おも》って、首《くび》をかしげてから、ミナミちゃんのほうをむくと、

「……おうおうおう、なにしとんじゃコラ」

こんな声《こえ》が、聞《き》こえてきたんだ。

「くさいんじゃワレ」

「……え？」

ミナミちゃんが、世《よ》にも恐《おそ》ろしい顔《かお》をして、ぼくをにらんでいたんだよ。

「ミナミ、ちゃん？」

「ナニこんなくっさい消《け》しゴムかがせとんじゃ。呼吸《こきゅう》でけへんやんけ。息《いき》とまって倒《たお》れたらどないすんねん。淀川《よどがわ》で1回《かい》すすいで、大阪湾《おおさかわん》しずめたんぞ、このあほんだらぁ！」

「え？　え？　どういうこと？」

ユウナちゃんが、教《おし》えてくれる。

「ミナミはね、くさいニオイをかぐと、信《しん》じられないくらいに不機嫌《ふきげん》になるの。この状態《じょうたい》のミナミはね、みんなから『帝王《ていおう》』って呼《よ》ばれているんだよ」

「くさいニオイで、不機嫌《ふきげん》に？」

「むかし、ふざけた男子《だんし》が、教室《きょうしつ》にあるきたない水《すい》そうのニオイをかがせたことがあったんだけど、あのときは……ひどかったなぁ」

しまった。

ぼくは、また、ミスをしてしまったのだろうか？

「おい、ミノル！」

「はいっ！」

急《きゅう》に呼《よ》ばれて、やたらこわくて、シャキンと背筋《せすじ》をのばして返事《へんじ》をしてしまった。

そういえばミナミちゃんは、「用事《ようじ》がある」と、さっきぼくにいっていたよね。

にぃっとわらう、『帝王《ていおう》』ミナミちゃんと、目《め》が合《あ》った。

「放課後《ほうかご》、ちょっと、顔貸《かおか》しいや。な？」

「ミノル、早《は》よきてやぁ！」

はい

今日《きょう》の授業《じゅぎょう》がすべて終《お》わると、ミナミちゃんに、せかされた。

あわてて教室《きょうしつ》をでると、廊下《ろうか》には、田中《たなか》くんもいた。

「きたな、ミノル。ほないこか」

どこに、連《つ》れて行《い》かれるんだろう？

校舎裏《こうしゃうら》で「この熱々《あつあつ》のタコ焼《や》き、いまからぐいっと丸飲《まるの》みせいや」とかムチャをいわれたらどうしよう？

田中《たなか》くんが一緒《いっしょ》とはいえ、ぼくは不安《ふあん》だった。

ところが、ミナミちゃんは「理科室《りかしつ》はあっちや」とか「図書室《としょしつ》はここな」とか、校内《こうない》を案内《あんない》してくれたんだ。

なんだ、やさしい子《こ》じゃないか。昼休《ひるやす》みに『帝王《ていおう》』になったのがウソみたいだ。

また、あたらしい友《とも》だちができたぞ！

こうしてさいごに案内《あんない》されたのが、３階建《かいだ》て校舎《こうしゃ》の最上階《さいじょうかい》のつきあたりにある「家庭科室《かていかしつ》」だったんだ。

「田中《たなか》、たのむで」

「へへ。しかたねーなー」

田中《たなか》くんは、ちょっとふざけて恩《おん》に着《き》せながら、名札《なふだ》を胸《むね》からはずした。

その名札《なふだ》を、入《い》り口扉《ぐちとびら》にかざす。

ピッ。

電子音《でんしおん》のあとに、自動《じどう》で、ひとつしかない家庭科室《かていかしつ》の扉《とびら》が開《ひら》いた。

「ええっ？　どういうしくみなの？」

「『給食《きゅうしょく》マスター』を目指《めざ》す、優秀《ゆうしゅう》な児童《じどう》は、特別《とくべつ》な名札《なふだ》をもらえんねん。いつでも子供《こども》だけで、家庭科室《かていかしつ》を使《つか》ってええの。ま、うちもホンマは、持《も》ってたんやけど……」

ということは。

ミナミちゃんも、田中《たなか》くんと同《おな》じく、『給食《きゅうしょく》マスター』を目指《めざ》しているということなのか。

「コイツ、名札《なふだ》を、なくしたんだぜ。だっせぇ！」

と、ミナミちゃんを親指《おやゆび》で示《しめ》しながら、田中《たなか》くんがからかった。

「そんな大切《たいせつ》なものを、なくしたの？」

「せやねん。鬼《おに》ごっこして、はしってたら、名札《なふだ》、どっかいってもうた。せっかく再々々々々々々々々発行《さいさいさいさいさいさいさいさいさいはっこう》してもろたのにな。はははは」

名札《なふだ》を、再々々々々々々々々発行《さいさいさいさいさいさいさいさいさいはっこう》？

10回以上《かいいじょう》も、うっかり、なくしたってことになるけど？

どうやらミナミちゃんは、かなりの、うっかり者《もの》のようだ。

一歩足《いっぽあし》をふみいれると、御石井小学校《おいしいしょうがっこう》の家庭科室《かていかしつ》は、かなり変《か》わっていたんだ。

部屋《へや》の真《ま》ん中《なか》には、どーんとひとつ、大《おお》きな食卓《しょくたく》テーブル。コンロや流《なが》し台《だい》や冷蔵庫《れいぞうこ》は、教室《きょうしつ》のへりに並《なら》んでいる。

ここの冷蔵庫《れいぞうこ》には、いつも食材《しょくざい》や調味料《ちょうみりょう》がはいっていて、自由《じゆう》に使《つか》っていいんだってさ。

「さて、今日《きょう》、なんでミノルを呼《よ》んだかというとな」

中央《ちゅうおう》のテーブルに荷物《にもつ》を置《お》いてすぐ、ミナミちゃんはきりだした。

「ミノルのにがてな食《た》べ物《もの》って、牛乳《ぎゅうにゅう》だけやないやろ？」

え？

「……なんで、わかったの？」

誰《だれ》にも、いっていないのに。

「知《し》らん。なんとなくや」

「なんとなく？」

ミナミちゃんの家《いえ》は、食堂《しょくどう》なんだって。

小《ちい》さなころからミナミちゃんは、店《みせ》のお客《きゃく》さんたちの好《す》ききらいを見《み》て育《そだ》ってきた。

すると、いまではお客《きゃく》さんたちの顔《かお》つきを見《み》るだけで、好物《こうぶつ》や、きらいな食《た》べ物《もの》が、『なんとなく』わかるようになったのだという。

「ウソだぁ」

「ほんなら、あてたるわ。えーと、ミノルの食《た》べられへんもんは……」

ミナミちゃんは、占《うらな》い師《し》のように、じっと、ぼくの顔《かお》を見《み》た。

にこっとわらって、つづける。

「牛乳《ぎゅうにゅう》。ピーマン。トマト。なす。グリンピース。里芋《さといも》。わかめ。レバー。チーズ。納豆《なっとう》。

ひじき。きり干《ぼ》し大根《だいこん》。レタス。もずく。梅干《うめぼ》し。しいたけ。とろろ芋《いも》。えええっ、マグロの刺身《さしみ》まで？　……ちょっと、多《おお》すぎへん？」

「……なんで、わかるの？」

「せやから、『なんとなく』や」

つぎにミナミちゃんは、なぜだか田中《たなか》くんをチラと見《み》てから、こんなことをいった。

「今日《きょう》は、ミノルの、『ピーマンぎらい』を治《なお》したる」

「もしかして、そのために、ぼくは、ここへつれてこられたの？」

「せやね」

つづいて、ミナミちゃんは、ぼくにむけてというよりは、田中《たなか》くんに宣言《せんげん》した。

「それにな、うちのほうが、田中《たなか》よりも、『給食《きゅうしょく》マスター』にふさわしいと思《おも》うんよ？」

ミナミちゃんは、にこっとわらうが、目《め》だけはわらっていなかった。

「ミナミ、どういうことだ？」

田中《たな》くんは、不満《ふまん》そうだ。

「どういうことって、そのままやんけ？」

視線《しせん》を合《あ》わせるふたりの間《あいだ》には、見《み》えない火花《ひばな》がバチバチと散《ち》りはじめた。

なるほど。

どうやら、田中《たなか》くんに対《たい》して、そうとうなライバル意識《いしき》をもっているみたいだぞ。

「なあ、田中《たなか》？」

ミナミちゃんが、宣言《せんげん》した。

「どっちがミノルの『ピーマンぎらい』を治《なお》せるか、勝負《しょうぶ》や！」

*

たいへんだ！

ミナミちゃんは、「田中《たなか》くんより自分《じぶん》がすごい」と証明《しょうめい》するために、いまから、ぼくの「ピーマンぎらい」を治《なお》すのだという。

つまり、ライバル宣言《せんげん》ってことだ。

ぼくを実験台《じっけんだい》にした、『ピーマン勝負《しょうぶ》』がはじまったんだ。

「ま、うちが、勝《か》つんやけどな」

家庭科室入り口扉《かていかしついりぐちとびら》のすぐそばにあるガスコンロに、なべを置《お》き、サラダ油《ゆ》をそそぐ。ガスコンロに火《ひ》をつけてから、冷蔵庫《れいぞうこ》を開《あ》け、ピーマンの袋《ふくろ》をとりだした。流《なが》しでピーマンを洗《あら》いはじめる。

おどろいたよ。

作業《さぎょう》をするミナミちゃんは、とても同《おな》い年《どし》とは思《おも》えなかったんだ。

ピーマンの水気《みずけ》をとり、きり、卵《たまご》を割《わ》り、小麦粉《こむぎこ》をとき、流《なが》れるようなムダのない動《うご》きで調理《ちょうり》を進《すす》めていく。

すぐに、ピーマンを油《あぶら》で揚《あ》げる、香《かお》りと音《おと》がぼくたちに届《とど》いた。

「へえ！　ミナミちゃんは、料理《りょうり》が、ものすごくとくいなんだね」

「そりゃ、そうやで。うち、定食屋《ていしょくや》の娘《むすめ》やもん」

『難波食堂《なんばしょくどう》』は、このあたりで知《し》らないひとはいない、定食屋《ていしょくや》さんなんだって。

「うちな、1歳半《さいはん》のころからな、でっかい包丁《ほうちょう》ぶんまわして、キャッキャあそんどったんやって。お父《とん》がいうてた」

それはない！

「さーて、できたで！　お待《ま》ちぃ！」

あっというまに、教室中央《きょうしつちゅうおう》のテーブルの上《うえ》には、ピーマンの天《てん》ぷらが並《なら》べられた。

ざくっとたて半分《はんぶん》にきっただけのピーマンの天《てん》ぷらは、なぜだか、ふしぎと「おいしそう」に見《み》えた。

でも、ちょっと、イヤなことを思《おも》いだしたんだよね。

むかし、母《かあ》さんが「ピーマンを食《た》べなさい」って、怒《おこ》ったときのことだ。

「ピーマンを、みじんぎりにして、チャーハンにまぜたんだ。『小《ちい》さくきればわからない』なんていってね。がんばったんだけど、食《た》べられなかったんだよなぁ」

「そりゃ、そうや。ピーマンは、きったらあかんねん」

ライバル同士《どうし》の『ピーマン勝負《しょうぶ》』なのに、田中《たなか》くんも一緒《いっしょ》になって「うんうん」とうなずいている。

「きればきるほど、苦味《にがみ》がでるんや。だから、うちは、1回《かい》しかきってへん」

「へぇ、知《し》らなかったよ」

「しかも、『ピーマンぎらい』のひとに、天《てん》ぷらっていうのは、とてもいいアイディアなんだぜ。じつは、ピーマンの苦《にが》みは、油《あぶら》に溶《と》ける性質《せいしつ》があるんだ。……でも」

ここで田中《たなか》くんは、ミナミちゃんに挑《いど》むように、こんなことをいったんだ。


「もっと、いい方法《ほうほう》が、あるんだけどな」


もっと、いい方法《ほうほう》？

「なにいうてんの？ ピーマンは、天《てん》ぷらにするのが、一番《いちばん》食《た》べやすいんや」

「そうでもないぜ？」

反論《はんろん》してすぐ、田中《たなか》くんは、家庭科室《かていかしつ》のひきだしから、アルミホイルをとってきた。

そのアルミホイルで、ピーマンをつつんだ。

丸《まる》ごとのままのピーマンをアルミホイルでつつむのを、ぼくは初《はじ》めて見《み》た。

「田中《たなか》くん、アルミホイルで、なにをしているの？」

「ミノル。田中《たなか》は放《ほう》っておき。アルミホイルなんて食《く》うてもうたら、飛行機《ひこうき》のるときピンポン鳴《な》るわ」

ミナミちゃんが割《わ》ってはいった。

「早《は》よ食《た》べな冷《さ》めるで。よっしゃ。塩《しお》、ふったる」

すすめられ、ビビりながら、ぼくはピーマンの天《てん》ぷらをかむ。

「どや？」

「……おいしい。思《おも》ったより、苦《にが》くないよ」

「せやろ？」

「ああ。でも、飲《の》みこむと、さいごはやっぱりちょっと苦《にが》いね」

「なにいうてんの。ちょっと苦《にが》いくらいは、『気《き》合《あ》いと根性《こんじょう》！』で飲《の》みこむんやで」

ミナミちゃんは、ぼくがピーマンを食《た》べるのを見《み》て、うれしそうにわらう。

「さあ、どんどん食《た》べや！」

＊

とはいわれたものの。

ひとつ食《た》べ終《お》わり、ふたつめを食《た》べることには、少《すこ》し迷《まよ》った。

1回《かい》でも苦味《にがみ》を感《かん》じてしまうと、それが口《くち》にずっとのこり、だんだんイヤになってくるんだ。

かたや、ピーマンをアルミホイルでつつみ終《お》えた田中《たなか》くんは、「うまい」「うまい」と、ぼくよりたくさん食《た》べている。

ぼくの好《す》ききらいを治《なお》す『ピーマン勝負《しょうぶ》』だっていうのを、まさか忘《わす》れているんじゃないよね？

「ミノル、1個《こ》しか、食《た》べてへんね？」

ミナミちゃんは、ちょっと悲《かな》しそうにそういった。

ごめん。

やっぱり、ピーマンは、きらいだなぁ。

「苦《にが》さが、しんどくてさ……」

「そんなぁ。まだまだ食《た》べてや。ぎょーさんつくったんやで……**てか、食《た》べろや！**」

「え？」

おどろいたよ。

ミナミちゃんのしゃべり方《かた》が、だんだん、変《か》わっていったんだから。

「食《た》べればうちのほうが『給食《きゅうしょく》マスター』にふさわしいっちゅうことがわかるやろ？田中《たなか》みたいなモンには負《ま》けへんで。ぜんぶのこさず食《た》べんと、通天閣《つうてんかく》に串《くし》ざしにしてまうぞワレ！」

「……ミナミ、ちゃん？」

ミナミちゃんのこのしゃべり方《かた》は、くさいニオイをかいだときにでる、あの『帝王《ていおう》』状《じょう》態《たい》だ。

なんでだ？

この部屋《へや》に、くさい消《け》しゴムは、ないはずなのに？

お父《とう》さんの靴下《くつした》や、もえるプラスチックはないはずなのに。

そう思《おも》って、鼻《はな》をひくつかせると……。

「たしかに、くさいよ」

イヤな、予感《よかん》がした。

皿《さら》にもられたピーマンの天《てん》ぷらを、ぼくは見《み》つめていたのだけれど。

家庭科室入《かていかしつい》り口扉《ぐちとびら》すぐそばの、ガスコンロへと、おそるおそる、視線《しせん》を移《うつ》した。


「ああああああああああああっ！」


もえてる！

なべの、天《てん》ぷら油《あぶら》が、もえてる！

「あかん！　どうやら、うち、なべの火《ひ》をうっかり消《け》し忘《わす》れたみたいや！」

名札《なふだ》を再々々々々々々々々々発行《さいさいさいさいさいさいさいさいさいさいはっこう》してもらうほど、うっかり者《もの》のミナミちゃんだ。

「逃《に》げよう！」

ぼくは叫《さけ》んだが、すぐに、それは無理《むり》だと気《き》がついた。

「しまった！　家庭科室《かていかしつ》の出入《でい》り口《ぐち》は、コンロの、むこう側《がわ》じゃないか！」

なべの油《あぶら》は数百度《すうひゃくど》という超高温《ちょうこうおん》でもえているから、熱《あつ》くて、近《ちか》づくことすらできない。

しかもここは、3階《かい》建《だ》て校舎《こうしゃ》の、最上階《さいじょうかい》だ。

まさか『気《き》合《あ》いと根性《こんじょう》！』で、窓《まど》から飛《と》び降《お》りるわけにもいかないだろう。

「やべーな。逃《に》げ道《みち》が、ないぞ」

と、田中《たなか》くんが、ちょっと困《こま》った顔《かお》を見《み》せた。

それから、なぜだか。

「でも、ちょうどいいか。えいっ」

と、さっきアルミホイルでつつんでいたピーマンを、もえさかるなべの近《ちか》くに、ぽいっと、放《ほう》り投《な》げたんだ。

5杯目《はいめ》 田中《たなか》十《じゅう》六《ろく》奥《おう》義《ぎ》で危《き》機《き》一《いっ》髪《ぱつ》！

「水《みず》で、火《ひ》を消《け》そうよ！」

思《おも》いついてすぐ、ぼくは冷蔵庫《れいぞうこ》を開《あ》けた。

みそや野《や》菜《さい》やマヨネーズに交《ま》じって、ミネラルウォーターの2リットル入《い》りペットボトルが、はいっていた。

「ダメだ、ミノル！」

田中《たなか》くんが、あわてて冷蔵庫《れいぞうこ》のドアを閉《し》めた。

「どうして！」

「熱《あつ》い油《あぶら》に、水《みず》をかけちゃダメだ。油《あぶら》が飛《と》びちって、もっと危険《きけん》になるんだ」

「そんなぁ！　だったら、このまま、油《あぶら》がもえているのを見《み》てろっていうのっ？」

「ミノル、冷静《れいせい》になれ！　消火器《しょうかき》が、どこかにあるはずだぞ！」

田中《たなか》くんの声《こえ》に、ぼくとミナミちゃんは、家庭科室内《かていかしつない》をあちこちさがす。

「あったよ！」

流《なが》し台《だい》の下《した》から、ぼくは、消火器《しょうかき》を見《み》つけた。

「えーと、えーと、どうやって使《つか》うのかな？　ふむふむ。まずは、消火器《しょうかき》から、安全《あんぜん》ピンを抜《ぬ》く？　え？　安全《あんぜん》ピン？　どれかな？」

もちろん初《はじ》めて使《つか》うから、どうやって使《つか》うのかが、よくわからない。

「ミノル、急《いそ》げ！」

「ああ、安全《あんぜん》ピンって、これかな？　はずしていいの？　え、はずしていいのかな？」

「早《は》よ！　モタモタすな！」

「えいっ。で、つぎに、ホースをはずして……あれ？　はずれないよ？　あれ？」

「もう、貸《か》しぃや！」

「あ、なにするのっ？」

ミナミちゃんが、全力《ぜんりょく》で、無理《むり》やり消火器《しょうかき》をひったくった、そのときだった。

ひゅーん！

がらん、がらん、がらん……。

あせっていたのが、よくなかった。

ミナミちゃんがすごい力《ちから》でひったくったせいで、消火器《しょうかき》は勢《いきお》いよくすっ飛《と》んでしまったんだ。

真《ま》っ赤《か》な消火器《しょうかき》は、オレンジ色《いろ》の炎《ほのお》のむこう側《がわ》へ、落下《らっか》した。

「ミナミちゃん、なんてことをっ！」

「やかましい！　飛《と》んでったもんは、しゃーないやんけ！」

いくらさがしても、予備《よび》の消火器《しょうかき》は、もう、家庭科室《かていかしつ》にはなかったんだ。

なべからあがる炎《ほのお》は、どんどん、高《たか》くなっていく。

「どうしよう、どうしよう、どうしよう、どうしよう！」

ぼくは、オロオロすることしかできない。

「おちつけ、ミノル！」

「おちついてなんかいたら、ぼくたち、丸焼《まるや》けになっちゃうよ！　田中《たなか》くん、火《ひ》を消《け》す方《ほう》法《ほう》は見《み》つかったのっ？」

「いや、それは……」

「ほらね。おちついている場合《ばあい》じゃないんだよ！　田中《たなか》くんだって、もしもこんなところで倒《たお》れたら、『給食《きゅうしょく》マスター』にはなれないんだよっ」

「え？　……『給食《きゅうしょく》マスター』？」

このとき。

田中《たなか》くんの頭《あたま》の中《なか》に、なにか、アイディアが浮《う》かんだようだ。

「そういえば、さっき、冷蔵庫《れいぞうこ》の中《なか》には……」

田中《たなか》くんは、冷蔵庫《れいぞうこ》を開《あ》けた。

「よしっ！」

田中《たなか》くんは、なぜだか、にかっと、笑顔《えがお》を見《み》せた。

「田中《たなか》くん、なにをわらっているの？」

火事《かじ》のピンチで、パニック状態《じょうたい》になっちゃったのかな？

「オレたちは、助《たす》かるぞ」

冷蔵庫《れいぞうこ》の中《なか》へと、田中《たなか》くんは手《て》をのばした。

『給食《きゅうしょく》マスター』を目指《めざ》していてよかった！　食《た》べ物《もの》の知識《ちしき》が、オレたちの命《いのち》をすくうんだ！」

食《た》べ物《もの》の知識《ちしき》が、ぼくたちをすくう？

田中《たなか》くんの、とりだしたものは——。

大《おお》きな大《おお》きな、マヨネーズのボトルだった。

「ええ？　火事《かじ》に、マヨネーズ？　いったい、なにをするつもりなの？」

「禁《きん》じ手《て》だ」

禁《きん》じ手《て》って、たしか、「やっちゃいけない手段《しゅだん》」みたいな意味《いみ》の言葉《ことば》だよね？

田中《たなか》くんは、なべの炎《ほのお》をにらんだ。

「オレが、この火《ひ》を、消《け》してやる」

なべの炎《ほのお》は、メラメラと、もう、天井《てんじょう》にまでとどいている。

田中《たなか》くんは、冷蔵庫《れいぞうこ》からだしたばかりのマヨネーズの、フタをはずした。

中身《なかみ》のでる、☆のかたちの穴《あな》が見《み》えた。

「よっしゃ、いくぜ！」

いいながら田中《たなか》くんは、流《なが》し台《だい》の上《うえ》に、ぴょんと、飛《と》びのったんだ。

ギリギリ、火《ひ》のそばへと近《ちか》づいていく。

大《おお》きなおおきなマヨネーズのボトルを、自分《じぶん》の右肩《みぎかた》にのせた。

片《かた》ひざ立《だ》ちになるや、田中《たなか》くんは、叫《さけ》んだ。

「牛乳《ぎゅうにゅう》カンパイ係《がかり》、田中十六《たなかじゅうろく》奥義《おうぎ》のひとつ！」

肩《かた》にのせられたマヨネーズは、なんだか、バズーカ砲《ほう》みたいに見《み》えた。

そのマヨネーズのさきが狙《ねら》っているのは、なんと、なべの炎《ほのお》だったんだ。

「その弐《に》『彗星《すいせい》の白《しろ》いマヨ☆』」

田中《たなか》くんは、両手《りょうて》の力《ちから》で、思《おも》いっきり、マヨネーズをしぼりだした。

「なにしてんの――っ！」

ぼくはおもわず叫《さけ》んでしまった。

パニックになった田中《たなか》くんが、ふざけているようにしか見《み》えなかったから。
☆のかたちの穴《あな》からは、まっすぐのマヨネーズが、押《お》しだされる。
マヨネーズのビームは、もえ盛《さか》るなべの中《なか》へと、流《なが》れ星《ぼし》のように消《き》えていったんだ。

すると。

「え？」

どういうことなのっ？

おどろいたよ。

「火《ひ》が、消《き》えた！」

なべの炎《ほのお》は、手品《てじな》みたいに、おさまったんだ。

田中《たなか》くんは、このチャンスに、ガスコンロに近《ちか》づき、火《ひ》を消《け》した。

「なんで、火《ひ》が消《き》えたの？」

「説明《せつめい》はあとまわしだ。家庭科室《かていかしつ》から、脱出《だっしゅつ》するぞ！」

「かぁ〜！　焦《こ》げくさくてかなわんなぁ！」

田中《たなか》くんの先導《せんどう》で、ぼくたち３人《にん》は、無事《ぶじ》に、脱出《だっしゅつ》できたんだ。

「あちちちち」

「ん？」

なぜだか、このとき。

田中《たなか》くんはさっき放《ほう》り投《な》げたアルミホイルのつつみを、熱《あつ》そうにしながら回収《かいしゅう》していた。


はしって逃《に》げたそのままの勢《いきお》いで、ぼくたち３人《にん》は、職員室《しょくいんしつ》に駆《か》けこんだ。

事情《じじょう》を聞《き》いた先生《せんせい》たちは、なべの炎《ほのお》よりも、激《はげ》しく赤《あか》く怒《おこ》ってしまった。

でも幸《さいわ》い、火事《かじ》は、大《おお》きくならずにすんだんだ。

＊

ぼくたち3人《にん》は、ほっと胸《むね》をなでおろしながら、帰宅《きたく》する。

「校長《こうちょう》にあない怒《おこ》られたんは初《はじ》めてや。大人《おとな》って、案外《あんがい》こわいんやな。ははは」

と、いつもの状態《じょうたい》に戻《もど》ったミナミちゃんがわらう。

ちなみに。

なんで、マヨネーズで、火《ひ》が消《き》えたのかというと。

そこには『給食《きゅうしょく》マスター』を目指《めざ》す田中《たなか》くんのもつ、食《た》べ物《もの》の知識《ちしき》が、大《おお》きく関《かか》わっていたんだ。

「マヨネーズには、たくさんの油《あぶら》がはいっているんだ」

「それが、なんなの？」

「たとえば、だ。なべでボコボコ沸騰《ふっとう》しているお湯《ゆ》に、冷《つめ》たい水《みず》をいれたら、どうなる？」

「どうなるって……沸騰《ふっとう》は、おさまるよ」

「それと同《おな》じさ」

炎《ほのお》がでた熱《あつ》い油《あぶら》に、マヨネーズという冷《つめ》たい油《あぶら》をいれると、温度《おんど》は下《さ》がり、炎《ほのお》は消《き》える。

どうも、そういうことらしい。

「ただ、とても危険《きけん》なんだ。なべから油《あぶら》があふれたら、もっと火《ひ》の手《て》が上《あ》がってしまう。本当《ほんとう》は、やらないほうがいい、最終手段《さいしゅうしゅだん》さ」

「へぇ、そうなんだね」

でも、さすがは、『給食《きゅうしょく》マスター』を目指《めざ》している、田中《たなか》くんだ。食《た》べ物《もの》のことを、よく知《し》っているね。

まさか『油《あぶら》』や『マヨネーズ』の知識《ちしき》で、火事《かじ》をのりきるなんて、びっくりだよ！

「あ。そうだ。それはそうと、ミノル」

ここで、田中《たなか》くんは、こげ目《め》のついた、さっきのアルミホイルづつみを見《み》せてきた。

「これを、食《く》ってみろよ」

このアルミホイルは、さっきの火事《かじ》の現場《げんば》から、「あちちちち」と回収《かいしゅう》していたものだ。

「中《なか》には、ピーマンがはいっている。ピーマンの丸焼《まるや》きだ。これなら、ぜったいに、食《た》べられる。ミノルのピーマンぎらいも、これで解決《かいけつ》さ」

「た、た、たたた、田中《たなか》くん？」

ぼくは、あきれた。

「まさか、あの火事《かじ》の中《なか》で、ピーマンの丸焼《まるや》きをつくっていたの？」

おかしいと思《おも》ったんだ。

火事《かじ》になったとき、アルミホイルでつつんだピーマンを、火《ひ》の近《ちか》くに「えいっ」と放《ほう》り投《な》げていたんだから。

ピーマンを食《た》べさせる「もっと、いい方法《ほうほう》」とは、ピーマンの丸焼《まるや》きのことだったのか！

「ああ。ちょうど、火事《かじ》にもなったしな。焼《や》けるチャンスだったから」

火事《かじ》が「ちょうど」って、おかしいよ。

田中《たなか》くんのそういう感覚《かんかく》が、ぼくにはさっぱりわからない。

「とにかく食《た》べてみろよ。1回《かい》もきってないから、苦《にが》くないんだ。ピーマンぎらいなんか、治《なお》っちゃうぜ」

さっきの火事《かじ》でつくられた、ピーマンの丸焼《まるや》き。

なんだか、気《き》が進《すす》まないなぁ……え？

ひとくち食《た》べて、気《き》が変《か》わった。

「なにこれ！　むちゃくちゃおいしいよ！」

あまいんだ。

苦《にが》いどころか、野菜《やさい》のあまさが、すごいんだ。

「これならいくらでも食《た》べられるよ」

「へへへ。そうだろ？」

「うん！　天《てん》ぷらなんかより、おいしいよ！」

あ。

しまった。

いってから、気《き》がついた。

「……そないないい方《かた》せんでも」

これじゃあ、まるで、ミナミちゃんの悪口《わるくち》をいっているようなものじゃないか。

「あ、ごめん。ミナミちゃん。いい方《かた》が、よくなかった」

でも、しゃべってしまった言葉《ことば》は、消《け》せない。

気《き》づいたときには、もうおそかった。

ぼくは、ミナミちゃんを、泣《な》かせてしまったんだ。

ぼくの「ピーマンぎらい」を治《なお》そうとしてくれた女《おんな》の子《こ》に、ぼくは、なんてひどいことをいってしまったんだろう。

「しょうじきな感想《かんそう》は、料理人《りょうりにん》の宝《たから》や。お母《かん》がそんなんいうてたわ」

「ごめん。本当《ほんとう》に、ごめんなさい」

「もう、気《き》にせんといて」

ものすごく反省《はんせい》するぼくを、なみだ目《め》のミナミちゃんが、逆《ぎゃく》にはげましてくれる始末《しまつ》だ。

「勝負《しょうぶ》の世界《せかい》は厳《きび》しいって、うちもわかってる。でもな、こんなんでへコんでたら、『給《きゅう》食《しょく》マスター』には一生《いっしょう》、なれへん」

なみだをぬぐうと、田中《たなか》くんに告《つ》げた。

「今回《こんかい》の『ピーマン勝負《しょうぶ》』は、うちの負《ま》けや。完敗《かんぱい》や」

「ミナミ。さっきのピーマンの天《てん》ぷらは、ホントに、おいしかったぞ」

田中《たなか》くんは、親指《おやゆび》を立《た》てて、ミナミちゃんをはげました。

「田中《たなか》。うちは負《ま》けへんからな！」

「おう！　いつでも勝負《しょうぶ》は、受《う》けてやる！　だって……」

ここでふたりは。

同時《どうじ》に、ぼくを見《み》たんだよ。


「こんなにたくさん、きらいな食《た》べ物《もの》があるヤツって、めずらしいもんな」

「せやねん。ここまでの好《す》ききらいは、治《なお》しがいがあるってもんやで」


どうやら、田中《たなか》くんもミナミちゃんも、ぼくの好《す》ききらいを治《なお》すことに、大《おお》きなよろこびを見《み》つけてしまったようだ。

「さあ、ミノル！　つぎはなにが食《た》べられるようになりたいんだ？」

「トマトあたりいってみいひん？　よっしゃ、田中《たなか》。こんつぎは『トマト勝負《しょうぶ》』やで！」

「それじゃあ、ぼくが、まるで実験台《じっけんだい》みたいじゃないかー」

ぼくはそう叫《さけ》んだけれども、本当《ほんとう》は、うれしかったんだ。

それは、大《だい》きらいだったピーマンを無理《むり》なく食《た》べられたということも、もちろんあるんだけど……。

ぼくの好《す》ききらいをなくそうと、ふたりの友《とも》だちが、こんなにも力《ちから》を貸《か》してくれているんだからね。

＊

つぎの日《ひ》の、給食《きゅうしょく》の時間《じかん》。

「たいへん残念《ざんねん》な、お知《し》らせがあります。さきほど、連絡《れんらく》がありまして……」

多田見先生《ただみせんせい》が、こんなことをいった。

「明日《あした》の、給食《きゅうしょく》が、中止《ちゅうし》になりました」

「「「えーっ！」」」

「待《ま》ってください、先生《せんせい》！」

となりの席《せき》の田中《たなか》くんは、おもわず大《おお》きな声《こえ》をあげた。

「給食《きゅうしょく》が中止《ちゅうし》だなんて！　いったい、どういうことですかぁっ！」

田中《たなか》くんは、よほどおどろいたのか、ガッと目《め》を大《おお》きく開《あ》けて叫《さけ》んだ。給食《きゅうしょく》スプーンをふりかざしながら、イスから立《た》ちあがって身《み》をのりだしている。

「じつはですね、昨日《きのう》、家庭科室《かていかしつ》で、火事《かじ》があったせいで……」

「「え？」」

ぼくと、田中《たなか》くんと、ミナミちゃんは、おたがいに目《め》を合《あ》わせて、おちつかない。

だって、昨日《きのう》の火事《かじ》は、ぼくたちのせいなんだから。

火災《かさい》の現場《げんば》にいたくせに、ぼくたち3人《にん》は、火《ひ》が消《き》えたようにしずかになった。

「家庭科室《かていかしつ》とつながっている、給食調理室《きゅうしょくちょうりしつ》のガスも、ついにさきほど、調子《ちょうし》がおかしくなってしまったのです」

「じゃあ、明日《あした》のお昼《ひる》ゴハンは、どうなるんですかー？」

まじめなユウナちゃんがかくにんした。

「そこで、急《きゅう》なのですが、明日《あした》は、お弁当《べんとう》を持《も》ってきてください」

「「「お弁当《べんとう》っ？」」」

クラス中《じゅう》が「遠足《えんそく》みたーい！」などとはしゃぐ中《なか》で、となりの席《せき》の田中《たなか》くんだけは、むずかしい顔《かお》で、腕組《うでぐ》みをしている。

「うーん、まずいな」

「どうしたの、田中《たなか》くん？」

「いつものやり方《かた》では、楽《たの》しい給食《きゅうしょく》の時間《じかん》にはならないぞ」

「そうかな？　お弁当《べんとう》だなんて、楽《たの》しそうだけど？」

「ミノル、覚《おぼ》えておけ。弁当《べんとう》に、トラブルは、つきものなんだぜ」

「お弁当《べんとう》だと、トラブルが、かならず起《お》こるってこと？」

田中《たなか》くんは「そりゃそうさ」と、心配《しんぱい》そうな顔《かお》で、うなずいた。

6杯目《ばいめ》

キリンのキャラ弁《べん》

「明日《あした》のお弁当《べんとう》、どうするっ？」

お昼休《ひるやす》みの女子《じょし》たちは、明日《あした》のお弁当《べんとう》の話題《わだい》でもりあがっていた。

「せっかくだし、みんなで、そろえようよ！」

「どんなのがいいかな？」

「キャラ弁《べん》とかは？」

「「いいね〜！」」

ユウナちゃんたちのグループは、「明日《あした》はキャラクターのお弁当《べんとう》にしようね」と、楽《たの》しそうだ。「弁当《べんとう》持《も》ってくんのって、めんどくせぇよな」なーんて男《おとこ》の子《こ》たちが不満《ふまん》をもらしているのとは大《おお》ちがいだった。

「キャラ弁《べん》といえばぁ……」

女《おんな》の子《こ》3人《にん》の視線《しせん》が、ユウナちゃんに集《あつ》まった。

「去年《きょねん》の遠足《えんそく》の、ユウナのお弁《べん》当《とう》！　あのキリンのキャラ弁《べん》は、ホントにかわいかったよね！」

ユウナちゃんは、とくいそうにうなずく。

「うん。ママはね、動物《どうぶつ》のキャラ弁《べん》をつくるのが、大好《だいす》きなの」

「なら、ユウナはさ、あのかわいいキリンを、もう1回《かい》、つくってもらってよ！」

「うん。たのんでみる」

他《ほか》の子《こ》たちもペンギンやらライオンやら、人数分《にんずうぶん》をつくって、おたがいにこうかんすることにしていた。

(どうせ「いただきます」のあと、女《おんな》の子《こ》たちはキャッキャと楽《たの》しそうに、キャラ弁《べん》の動物《どうぶつ》を、頭《あたま》からかじるんだよなぁ)

お弁当《べんとう》のキャラクターがかわいいほど、前歯《まえば》でかみきられたときにかわいそうに見《み》えてしまうのは、ぼくが男《おとこ》だからかな?

キリンのキャラ弁《べん》は、よっぽどかわいかったみたいで、そのあとも女《おんな》の子《こ》たちは口々《くちぐち》にユウナちゃんのお母《かあ》さんをほめていた。

みんながほめてくれるので、ついつい、うれしくなったのだろう。

ユウナちゃんは、胸《むね》を張《は》って、こういいきった。

「明日《あした》は、かならず、キリンのキャラ弁《べん》を持《も》ってくるよ! 約束《やくそく》する!」

田中《たなか》くんは、心配《しんぱい》そうに、ユウナちゃんたちのこの会話《かいわ》を聞《き》いていた。

「……だいじょうぶかな?」

「田中《たなか》くん、なにを心配《しんぱい》しているの? ユウナちゃんのお母《かあ》さんは、きっとかわいいお弁《べん》当《とう》を、つくってくれるんじゃないのかな？」

「ミノル、給食《きゅうしょく》のときにもいったじゃないか」

田中《たなか》くんは心配《しんぱい》そうに、同《おな》じ言葉《ことば》をくりかえした。

「弁当《べんとう》に、トラブルは、つきものなんだぜ」

＊

翌日《よくじつ》。

田中《たなか》くんのいったとおりだった。

本当《ほんとう》に、トラブルが起《お》こったんだよ。

「ユウナちゃん、おそいねぇ」

朝《あさ》の登校班《とうこうはん》の待《ま》ち合《あ》わせ場所《ばしょ》に、いくら待《ま》っても、ユウナちゃんがこなかったんだ。

「これは、おかしいな」

田中《たなか》くんが、心配《しんぱい》しはじめた。

「いつもまじめなユウナが、遅刻《ちこく》だなんて、ありえない」

「たしかに、そうだね」

「イヤな、予感《よかん》がするぞ」

いうがはやいか、田中《たなか》くんははしりだした。

「ちょっとオレ、むかえにいってくる！」

「あ。待《ま》ってよ、田中《たなか》くん！」

ぼくはおくれて、田中《たなか》くんを追《お》いかけた。


ぼくたちふたりは、ユウナちゃんの家《いえ》の前《まえ》にたどりついた。

「あっ」

ユウナちゃんは、一軒家《いっけんや》の玄関《げんかん》にもたれかかって、なんと、地面《じめん》に座《すわ》りこんでいた。

「ふたりとも、むかえにきてくれたの？」

あわてて立《た》ちあがり、目《め》のあたりをこすってから、メガネをかけたユウナちゃん。

両目《りょうめ》には、明《あき》らかに、泣《な》いたあとがのこっていた。

「どうしたの、ユウナちゃん？　どうして玄関《げんかん》の前《まえ》に座《すわ》っているの？」

「家《いえ》には、いま、カギがかかってるの」

「カギ？」

「パパもママも、さっきでかけたんだ」

「まさかユウナちゃん、家《いえ》を追《お》いだされたの？」

無言《むごん》で、首《くび》を横《よこ》にふるユウナちゃん。

「おいおい、ユウナ」

田中《たなか》くんだって、ユウナちゃんの目《め》が真《ま》っ赤《か》なのは、とうぜんわかっているはずだった。

「どうしたんだよ？」

「……」

「学校《がっこう》までの道順《みちじゅん》、まさか忘《わす》れちゃったのか？　ははは」

それでも、わざと、なんにも気《き》づいていないようなしゃべり方《かた》で、田中《たなか》くんはとぼけてみせた。

「……ママがね、昨日《きのう》、急《きゅう》に具合《ぐあい》が悪《わる》くなって」

泣《な》きそうな声《こえ》で、ユウナちゃんはつづける。

「さっき、パパが、車《くるま》で病院《びょういん》に連《つ》れて行《い》ったの」

ユウナちゃんのお母《かあ》さんが、昨日《きのう》の夜《よる》から熱《ねつ》をだした。

朝《あさ》になって、回復《かいふく》をするどころか、どんどん具合《ぐあい》が悪《わる》くなった。

朝一番《あさいちばん》の診察時間《しんさつじかん》に、あわてて病院《びょういん》へ駆《か》けこんだそうだ。

「た、た、たいへんじゃないか！」

ぼくは、つい、大《おお》きな声《こえ》をあげてしまった。

「おちつけ、ミノル」

「お母《かあ》さんは、だいじょうぶなの？」

「本当《ほんとう》にひどいようだったら、病院《びょういん》から学校《がっこう》に連絡《れんらく》するって、パパがいってた」

「それにさ、今日《きょう》は、お弁当《べんとう》を持《も》ってく日《ひ》じゃないか！」

「おい、ミノルっ」

田中《たなか》くんがぼくを止《と》めようとしたことに、ぼくはまったく気《き》がつかず、こう叫《さけ》んだ。

「ユウナちゃんは、お母《かあ》さんのつくったキリンのキャラ弁《べん》を持《も》って行《い》くっていう約束《やくそく》を、クラスの女《おんな》の子《こ》たちとしていたじゃないか！」

田中《たなか》くんは、口《くち》に指《ゆび》をあて「しーっ！」とぼくを注意《ちゅうい》した。しまった。

ぼくの言葉《ことば》を聞《き》いて、ユウナちゃんは、ますます暗《くら》い顔《かお》になったんだ。

ああ。

ぼくは、いつも、うっかりしている。

ミナミちゃんの、ピーマンの天《てん》ぷらのときも、そうだった。

よけいなことをいってから、「いわなきゃよかった」と後悔《こうかい》するんだ。

「私《わたし》、キリンのキャラ弁《べん》を持《も》って行《い》くって、みんなと約束《やくそく》をしたんだよ。でも、ママが倒《たお》れたでしょ。『つくって』なんて、たのめないよね」

そうか。

登校《とうこう》の待《ま》ち合《あ》わせ時間《じかん》になっても、なかなか姿《すがた》を見《み》せなかった理由《りゆう》。

それは――。

みんなと約束《やくそく》したキリンのキャラ弁《べん》を、用意《ようい》できなかったからだったんだ！

「代《か》わりにパパが、お弁当《べんとう》をつくっておいてはくれたんだけど……」

ユウナちゃんは、悲《かな》しそうに、お弁当《べんとう》のバッグを開《あ》けた。

中《なか》から、お弁当箱《べんとうばこ》をとりだす。

お弁当箱《べんとうばこ》の中《なか》にはいっていたのは、ふたつの、バカでかいオニギリだった。

「パパはね、料理《りょうり》がぜんぜんできないの」

ごつごつした、見《み》た目《め》の悪《わる》い、女《おんな》の子《こ》の手《て》にはあまりにも大《おお》きな、爆弾《ばくだん》オニギリ。

カラフルでかわいいキャラ弁《べん》には、ほど遠《とお》い。

「でも、ママを病院《びょういん》に連《つ》れて行《い》く前《まえ》に、急《いそ》いでつくってくれたんだ」

ユウナちゃんは「つくってくれた」とは一応《いちおう》いった。

けれども、声《こえ》は、明《あき》らかにしずんでいた。

「みんなと約束《やくそく》したのは、ママのつくった、キリンのキャラ弁《べん》なんだけどね……」

ぺたん。

ユウナちゃんは、再《ふたた》び、玄関前《げんかんまえ》に座《すわ》りこんだ。

「ママのことは心配《しんぱい》だし、お弁当《べんとう》の約束《やくそく》は守《まも》れないし」

トラブルが、同時《どうじ》にふたつも、重《かさ》なっちゃったのか。

「今日《きょう》はもう、学校《がっこう》をお休《やす》みしようかなって思《おも》ったら、ここから動《うご》けなくなっちゃったんだ」

それで、カギのかかった玄関扉《げんかんとびら》にもたれかかって、じっと座《すわ》っていたのだという。

「そうだったのかぁ」

まじめなユウナちゃんは、クラスの女子《じょし》たちとの約束《やくそく》を破《やぶ》ることを、ものすごく気《き》にしていたんだ。

そんな必要《ひつよう》はないのに。

ちょっと、考《かんが》えすぎだよね。

約束《やくそく》はなるべく守《まも》るべきだと、そりゃぼくだって思《おも》うけど……。

(そういえば、ユウナちゃんって、いつもまじめすぎて、かえっておかしなことになっているんだよなぁ)

お家《うち》の人《ひと》と「外《そと》であそぶのは、午後《ごご》6時《じ》まで」と約束《やくそく》したときには——。午後《ごご》6時《じ》0分《ふん》

0秒《びょう》ちょうどに玄関扉《げんかんとびら》を開《あ》けるため、スマホの時計《とけい》をチラチラ見《み》ながら、自宅玄関《じたくげんかん》のドアノブをにぎってスタンバイしていたし……。

「横断歩道《おうだんほどう》で青信号《あおしんごう》がチカチカしたら、渡《わた》らない」という約束《やくそく》を守《まも》りすぎたときには——。

あと3歩《ぽ》で渡《わた》り終《お》えるのに、元《もと》いた場所《ばしょ》にあわてて戻《もど》ろうとして、交差点《こうさてん》を曲《ま》がってきたトラックにひかれかけていたし……。

約束《やくそく》を守《まも》るって、そういうこととも、少《すこ》しちがう気《き》がする。

「約束《やくそく》を守《まも》ることを、そこまで、気《き》にしなくたっていいんじゃないのかな？」

「ミノルくん、なにをいっているの？　約束《やくそく》は、守《まも》るためにあるんだよ」

うーん。

さすがは、まじめなユウナちゃんだ。

ぼくたちが思《おも》うよりもはるかに強《つよ》く、「約束《やくそく》は破《やぶ》ってはいけない！」と、かたく信《しん》じているようだった。

ユウナちゃんに、なんと声《こえ》をかけたらよいか、ぼくはすっかり困《こま》ってしまった。

「約束《やくそく》を守《まも》れないんだから、私《わたし》、今日《きょう》、学校《がっこう》にはいけないよ」

「…………」

ぼくは、これ以上《いじょう》よけいなことをいってはまずいと思《おも》い、じっと黙《だま》ってしまったんだ。

でもね、田中《たなか》くんは、ちがうんだよ。

「うるせぇぞ、ユウナ」

まさかそんな乱暴《らんぼう》なことをいわれるとは思《おも》っていないから、ユウナちゃんは目《め》を丸《まる》くして、本気《ほんき》でおどろいていた。

「田中《たなか》くん？」

「いいから、まずは、学校《がっこう》にいくぞ」

田中《たなか》くんは、ユウナちゃんの腕《うで》をつかむと、ちょっと強引《ごういん》に立《た》ちあがらせた。

「ちょっと、田中《たなか》くん！　聞《き》いてたでしょ？　私《わたし》ね、お弁当《べんとう》がないの。だから、学校《がっこう》にいっても、約束《やくそく》を破《やぶ》ることになっちゃうの！」

「あるだろ、弁当《べんとう》」

田中《たなか》くんは、ユウナちゃんのバッグを見《み》る。

「親《おや》のつくってくれた弁当《べんとう》が、そこに、あるだろ」

「でも、約束《やくそく》は、キリンの……」


「お父《とう》さんが、いっしょうけんめいつくったお弁当《べんとう》なんだぞ」


本当《ほんとう》に真剣《しんけん》な口《くち》ぶりで、田中《たなか》くんはいった。

田中《たなか》くんに、やや強引《ごういん》に手《て》をひかれるかたちで、ユウナちゃんは歩《ある》きはじめる。

「ユウナ。おまえ、なんていった？」

「え？」

「ノリオのいやがらせに、ミノルが困《こま》っているとき、おまえ、なんていった？」

ユウナちゃんは、首《くび》をかしげた。

「おまえは、オレに相談《そうだん》するようにすすめたんだ。きっと解決《かいけつ》してくれるよ。『牛乳《ぎゅうにゅう》カンパイ係《がかり》』の、田中《たなか》くんが！ってな」

「ああ。そうだったね」

「じゃあ、なんでいま、相談《そうだん》しないんだ？」

「いま？」

「今日《きょう》の給食《きゅうしょく》は、弁当《べんとう》だ」

ユウナちゃんは、爆弾《ばくだん》オニギリのはいったバッグに視線《しせん》をおとした。

そこには、キリンのキャラ弁《べん》はないのだけれど。

「おまえは、給食《きゅうしょく》の時間《じかん》の弁当《べんとう》のことで、いま、困《こま》っているんだろ？」

「……うん」

「だったら『牛乳《ぎゅうにゅう》カンパイ係《がかり》』のオレに、なんで、相談《そうだん》しないんだよ？」

『牛乳《ぎゅうにゅう》カンパイ係《がかり》』の仕事《しごと》。

それは、給食《きゅうしょく》の時間《じかん》を楽《たの》しくすることだ。

「オレが、どうにかしてやるって、いってんだよ！」

どうやら田中《たなか》くんは、キリンのキャラ弁《べん》のないユウナちゃんを、助《たす》けてあげるつもりみたいだ。

でも、どうやって？

まさか、田中《たなか》くん。

キリンのキャラ弁《べん》を、つくってあげるつもりなのかな？

17杯目《はいめ》

ユウナちゃんの涙《なみだ》

学校《がっこう》に着《つ》いても、今日《きょう》のユウナちゃんは、いつもとちがっていた。

たとえば、遅刻《ちこく》ギリギリで駆《か》けこんだ下駄箱《げたばこ》で、ひとりだけ靴《くつ》をぬぐのを忘《わす》れたり。

あるいは、1時間目《じかんめ》、先生《せんせい》に呼《よ》ばれてもいないのに「はい！」と盛大《せいだい》に立《た》ちあがったり。

さらには、2時間目《じかんめ》の国語《こくご》の時間《じかん》に読《よ》んでいたのが、3時間目《じかんめ》の算数《さんすう》の教科書《きょうかしょ》で、しかも上下《じょうげ》が逆《さか》さまだったり。

ユウナちゃんが失敗《しっぱい》するたび、クラスのみんなは悪気《わるぎ》なく爆笑《ばくしょう》していた。

けれども、ぼくは、不安《ふあん》だった。

「ユウナちゃん、じつは、パニック状態《じょうたい》なんじゃないのかな？」

約束《やくそく》を守《まも》れないプレッシャーで、ほとんど、うわの空《そら》なんだ。

ぼくは、困《こま》っているユウナちゃんを、なんとしてでも、助《たす》けてあげたかった。

それは、転入《てんにゅう》してきたばかりのぼくに田中《たなか》くんの存在《そんざい》を教《おし》えてくれたことへの、恩返《おんがえ》しのような気持《きも》ちだったんだ。

＊

その日《ひ》の、20分休《ぷんやす》みになってすぐ。

ユウナちゃんは田中《たなか》くんに、こうたずねた。

「いまのうちに、『キリンのキャラ弁《べん》はつくれなかったの』って、みんなに本当《ほんとう》のことを話《はな》したほうがいいのかな？」

「ダメだ」

田中《たなか》くんは、きっぱりといった。

「おまえの性格《せいかく》じゃあ、そんなことをいったら、これからさきの友《とも》だちづきあいがおかしくなるに決《き》まってる」

「でも……」

「バカまじめなおまえは、『私《わたし》はみんなとの約束《やくそく》を破《やぶ》った』なんて、かってに自分《じぶん》を責《せ》める。すると、友《とも》だちに対《たい》して、上下関係《じょうげかんけい》が生《う》まれる。対等《たいとう》なつき合《あ》いができなくなっちまうぞ」

田中《たなか》くんは、ちょっときついことを、ズバリといった。

けれども、それは、ユウナちゃんのことを心配《しんぱい》しているからこそだ。

「じゃあさ、たとえばなんだけど」

ユウナちゃんは、どうにかして約束《やくそく》を守《まも》ろうと、必死《ひっし》だ。

「料理《りょうり》のうまい田中《たなか》くんやミナミちゃんに、ママのキリンのキャラ弁《べん》に似《に》たものを、つくってもらえないかな？　約束《やくそく》なんだよ」

「ユウナ。おまえは、まじめすぎるんだ」

「だって、約束《やくそく》は、守《まも》るためにあるんだよ」

「じゃあ、聞《き》くけど」

田中《たなか》くんが尋《たず》ねる。

「なんのために、その約束《やくそく》を守《まも》るんだよ？」

なんのために、約束《やくそく》を守《まも》るのか？

意外《いがい》な質問《しつもん》に、ユウナちゃんがかたまった。

「そんなの、考《かんが》えたことがないけど」

「約束《やくそく》を守《まも》ることはたしかに大事《だいじ》だ。でも、おまえがキャラ弁《べん》の約束《やくそく》をしたのは、食事《しょくじ》の時間《じかん》を、みんなで楽《たの》しく過《す》ごすためだろう？」

「それは、そうだけど……」

「だったら、約束《やくそく》を守《まも》ることよりも、今日《きょう》の給食《きゅうしょく》の時間《じかん》をどう楽《たの》しく過《す》ごせるかを考《かんが》えようぜ」

「ユウナー」

ユウナちゃんに、うしろから声《こえ》がかかった。

「いま、多田見《ただみ》先生《せんせい》に聞《き》いたんだけどー、今日《きょう》は遠足《えんそく》みたいに、校庭《こうてい》で好《す》きなグループで食《た》べていいんだってさー。もちろん、一緒《いっしょ》に食《た》べようねー」

「う、う、うん」

「ペンギンも、ライオンも、みんな、どうにかしてつくってもらえたってさ」

ま、にこにこした女《おんな》の子《こ》たちに、どうせ頭《あたま》からかじられちゃうんだよなぁ。

とは、よけいなことなのでぼくは黙《だま》っている。

「みんな、キリンのキャラ弁《べん》、楽《たの》しみにしてるってさ！」

「あ、えーと、あのね……ごめん、用事《ようじ》っ！」

「え？　あ、ユウナ。ちょっと待《ま》ってよぉ」

ユウナちゃんは、ほとんど逃《に》げるようにして、教室《きょうしつ》をでて行《い》った。

*

「ぐへへへへ」

3時間目《じかんめ》の、算数《さんすう》が終《お》わった。

「おいおい、ノリオ。カップ麺《めん》かよ～！　いいなー」

5分休《ふんやす》みの教室《きょうしつ》に、元気《げんき》な男《おとこ》の子《こ》たちの声《こえ》がひびく。

ノリオはあいかわらず、ニヤニヤしている。

「ノリオのヤツ、弁当《べんとう》を持《も》ってこなかったらしいぞ」

「登校中《とうこうちゅう》に、朝《あさ》のコンビニに寄《よ》って、カップ麺《めん》を3つも買《か》ってきたんだってさ」

ぼくたち小学生《しょうがくせい》の中《なか》には、親《おや》の食育方針《しょくいくほうしん》とかで、カップ麺《めん》を食《た》べたことのない子《こ》も多《おお》い。

そういう子《こ》たちは、カップ麺《めん》が3つもはいったコンビニ袋《ぶくろ》を見《み》て、知《し》らない味《あじ》を想像《そうぞう》し、うらやましそうな顔《かお》を見《み》せた。

「でもさ、ノリオ。カップ麺《めん》の、お湯《ゆ》は、どうすんの？」

「ぐへっ？　……しまった」

いま、気《き》づいたらしい。

「割《わ》りバシも、はいってないよ」

「ぐへへへっ？　……しまった」

いま、気《き》づいたらしい。

はしゃぐノリオを見《み》ていたぼくの口《くち》から、ついつい文句《もんく》がこぼれてしまう。

「ノリオのヤツ。目《め》だつために、お弁当《べんとう》にカップ麺《めん》を3つだなんて、よくないよなぁ」

「ちがうぞ、ミノル」

「え？」

「おまえは、ノリオを、誤解《ごかい》している」

田中《たなか》くんが、ノリオをかばう。


「あいつ、たぶん、今日《きょう》の給食《きゅうしょく》が急《きゅう》になくなったことを、親《おや》にいってないぞ」


なんだって？

「ノリオのお母《かあ》さんは、看護師《かんごし》さんなんだ。夜勤《やきん》といって、夜《よる》に寝《ね》ないで入院患者《にゅういんかんじゃ》の世話《せわ》をすることもある。ひとの命《いのち》をあずかる、とても緊張《きんちょう》する仕事《しごと》だ」

「それは、たいへんだね」

「徹夜《てつや》でいっしょうけんめい働《はたら》いて、朝《あさ》はやくにつかれて帰《かえ》ってきた母親《ははおや》に、『いまから弁当《べんとう》つくってくれ』とは、さすがにいいづらかったんだろう」

へえ。

ノリオって、ああ見《み》えて、意外《いがい》とやさしいヤツなのかな？

そういえば、前《まえ》にぼくに牛乳《ぎゅうにゅう》を飲《の》ませるときも、「なんてやさしいんだ、オレサマは」って、自分《じぶん》で自分《じぶん》をほめてたっけ。

「なぁ、ミノル」

田中《たなか》くんは、教室内《きょうしつない》を見《み》まわした。

「クラスの、他《ほか》の子《こ》たちのことも、考《かんが》えてみようか」

ぼくはまだ転入《てんにゅう》してきて日《ひ》が浅《あさ》いから、それぞれの性格《せいかく》をよく知《し》らない。

けれどももちろん、田中《たなか》くんは、クラスのみんなについて詳《くわ》しかった。

「たとえば、ひと見知《みし》りがはげしすぎて、なかなか友《とも》だちの輪《わ》にはいれない子《こ》だっているんだ。今日《きょう》は、校庭《こうてい》で、好《す》きなグループで食《た》べていいことになっているだろ？」

「うん」

「ひと見知《みし》りがはげしい子《こ》は、そういうのは、逆《ぎゃく》に、つらいじゃん」

「田中《たなか》くん、やさしいね」

ぼくは転入生《てんにゅうせい》だから、そのつらい気持《きも》ちはすごくよくわかった。

友《とも》だちがいなくて、ぽつんとひとり。

考《かんが》えただけでも、さみしいよ。

「いっただろ？　弁当《べんとう》に、トラブルは、つきものなんだ」

「なるほどねぇ」

田中《たなか》くんのいっていたことが、ぼくにはやっと、わかったよ。

「でも、だいじょうぶだ。オレが、すべてを、解決《かいけつ》する」

「作戦《さくせん》は、あるの？」

「もちろん。もう、とっくに考《かんが》えてある。ユウナの件《けん》も、仲間《なかま》はずれをつくらせない件《けん》も、同時《どうじ》に解決《かいけつ》だ」

「同時《どうじ》にっ？」

同時《どうじ》にふたつの問題《もんだい》を解決《かいけつ》するなんて、田中《たなか》くんは、どういう作戦《さくせん》を考《かんが》えたのかな？

＊

とうとう、4時間目《じかんめ》が、終《お》わった。

「弁当《べんとう》だ～！」

「今日《きょう》は、外《そと》で食《く》うんだろ？」

「『いただきます』の前《まえ》に、校庭《こうてい》で、全校集会《ぜんこうしゅうかい》があるんだってさ」

クラスのみんなは、いそいそと、お弁当《べんとう》を手《て》に、外《そと》へむかう。

「ユウナー、まだぁ？」

「みんな待《ま》ってるよー」

出発《しゅっぱつ》をせかす女子《じょし》グループの声《こえ》に対《たい》し、かたい表情《ひょうじょう》のユウナちゃんは、着席《ちゃくせき》したまま、ぎこちなく返事《へんじ》した。

「あ、あ、うん。あの、さ。その、……さきに、いっててもらえるかな？」

「はやくしてねー」

女《おんな》の子《こ》たちは教室《きょうしつ》をはなれた。

教室《きょうしつ》には、いま、ぼくたち3人《にん》しかいない。

「ねぇ、田中《たなか》くん」

ユウナちゃんが、泣《な》きそうな顔《かお》で、駆《か》け寄《よ》ってくる。

「朝《あさ》、『どうにかしてやる』っていってくれたよね？　約束《やくそく》してくれたよね？」

「ああ」

「でも、キリンのキャラ弁《べん》はないんだよ。持《も》ってくるっていう約束《やくそく》なんだよ。あのお弁当《べんとう》がないせいで、私《わたし》、仲間《なかま》はずれになっちゃったらどうするの？」

「心配《しんぱい》するな。ぜったいに、だいじょうぶだから」

「でも、田中《たなか》くんさぁ……」

……あれ？

なんだろう。

おかしいな。

ユウナちゃんの様子《ようす》が、変《か》わったぞ。

「まだ、私《わたし》に、なんにもしてくれてないよ！」

ちょっと待《ま》ってよ。

追《お》いつめられたユウナちゃんは、とうとう田中《たなか》くんにやつあたりしはじめたんだ。

「『オレが、どうにかしてやるって、いってんだよ！』とかカッコいいこといっちゃって！」

「ユウナ？」

「私《わたし》の困《こま》りごとなんか、どうでもいいと思《おも》っているのっ？」

「それはちがう！」

「田中《たなか》くん、最低《さいてい》！」

「おい！　ちょっと待《ま》てよ！　解決《かいけつ》するのは、いまからなんだよ！」

ユウナちゃんは、爆弾《ばくだん》オニギリのはいった自分《じぶん》のバッグをつかみとると、はしって教室《きょうしつ》をでてしまった。

まずいことになったな、と頭《あたま》をかきながら、田中《たなか》くんがいう。

「ミノル、たのむ。おまえの力《ちから》を貸《か》してくれ」

「もちろんだよ！」

だって、ぼくは転入早々《てんにゅうそうそう》、ユウナちゃんには、助《たす》けてもらったんだからね。

ここで田中《たなか》くんは、今回《こんかい》の作戦《さくせん》を説明《せつめい》してくれたんだ。

「いいか、ミノル。『わらしべ長者《ちょうじゃ》』っていう、むかし話《ばなし》があってな……」

『わらしべ長者《ちょうじゃ》』。

たしか、『持《も》ち物《もの》をこうかんしていったら、貧乏《びんぼう》なひとがお金持《かねも》ちになれた』っていう、むかし話《ばなし》のはずだけど？

給食《きゅうしょく》も、お弁当《べんとう》も、関係《かんけい》ないんじゃないのかな？


「名《な》づけて、【わらしべ長者《ちょうじゃ》ランチ作戦《さくせん》】だ」


そういうと、田中《たなか》くんはその作戦《さくせん》をひととおり説明《せつめい》してくれた。

「……へぇ！　よく、そんな作戦《さくせん》を、思《おも》いついたね！」

びっくりした。

さすがは、田中《たなか》くんだ。

その作戦《さくせん》なら、ユウナちゃんの問題《もんだい》も解決《かいけつ》するし、さみしく食《た》べる子《こ》もいなくなるよ！

本当《ほんとう》に、同時《どうじ》に、ふたつの問題《もんだい》を解決《かいけつ》できるぞ！

「まずは、ユウナをさがそうか！」

ぼくたちは、自分《じぶん》のお弁当《べんとう》を持《も》つと、誰《だれ》もいない教室《きょうしつ》をでた。

ぼくと田中《たなか》くんは、校内《こうない》を駆《か》けまわり、ユウナちゃんをさがした。

「いないね」

「どこだ、ユウナ！　おーい！」

お弁当《べんとう》を持《も》った、各学年《かくがくねん》の児童《じどう》たちが、つぎつぎと、外《そと》へでていく。

空《そら》っぽの校舎《こうしゃ》に、ユウナちゃんの姿《すがた》は見《み》あたらない。

「ねぇ、田中《たなか》くん。ユウナちゃんは、家《いえ》に帰《かえ》っちゃったんじゃないかな？」

「それは、ない」

「どうして、いいきれるの？」

「朝《あさ》、ユウナがいっていただろ。両親《りょうしん》が病院《びょういん》にいっているんだ。アイツの家《いえ》には、いま、カギがかかっている。帰《かえ》っても、家《いえ》にははいれないんだ」

なるほど。

「しかも、お母《かあ》さんの具合《ぐあい》が悪《わる》くなったら、学校《がっこう》に連絡《れんらく》がくる『約束《やくそく》』になっている。まじめなアイツは、約束《やくそく》を守《まも》れない行動《こうどう》はとらない。ぜったいに、校内《こうない》に、いる」

でも、校舎《こうしゃ》のどこをさがしても、ユウナちゃんはいないんだ。

校庭《こうてい》にはみんなが集《あつ》まっているから、外《そと》にはぜったいに、いるはずがないし。

ねんのためにと、火災《かさい》のあった家庭科室《かていかしつ》のある3階《かい》までいったんだけど、そこにも、やっぱりいなかった。

「まいっちゃったなぁ。どこにいったのかなぁ、ユウナちゃん」

いいながら、ぼくはなんとなく、窓《まど》の外《そと》を見《み》おろした。

「あ！」

「どうした、ミノル？」

3階《かい》の窓《まど》から、ぼくたちが見《み》おろしたさきには——。

「いたよ！　あんなところに！」

裏庭《うらにわ》のすみっこに、ひとりぼっちでぽつんと座《すわ》る、ユウナちゃんがいた。

8杯目《ばいめ》 みんなで、楽《たの》しく、食《た》べようぜ！

ぼくたちは、ダッシュで裏庭《うらにわ》へむかった。

校庭《こうてい》では、全校集会《ぜんこうしゅうかい》がすでにはじまっていた。

「え〜、急《きゅう》なことでしたが〜、え〜、本日《ほんじつ》は〜、え〜、火事《かじ》のせいで給食調理室《きゅうしょくちょうりしつ》が使《つか》えなくなり〜、え〜、給食《きゅうしょく》がなくなりまして〜、え〜」

マイク越《ご》しに、校長先生《こうちょうせんせい》の間《ま》の抜《ぬ》けた「え〜」がひびく。お話《はなし》の半分《はんぶん》は「え〜」なんじゃないかなと疑問《ぎもん》に思《おも》いながら、ぼくたちは裏庭《うらにわ》に到着《とうちゃく》した。

ユウナちゃんに駆《か》け寄《よ》る。

ユウナちゃんは、ごつごつした爆弾《ばくだん》オニギリを、いままさに、食《た》べるところだった。

5月《がつ》の青《あお》くキレイな空《そら》の下《した》。

校舎《こうしゃ》の日《ひ》かげのすみっこで、ひとりぼっちでオニギリを食《た》べる、ユウナちゃん。

その様子《ようす》を見《み》て、ぼくは本当《ほんとう》に悲《かな》しくなった。

ひとりぼっちは、さみしいよ。


「おい、ユウナ！」

無言《むごん》で、顔《かお》だけをこちらにむけたユウナちゃん。

「ひとりで、こんなすみっこで、さみしく食《く》ってんじゃねーよ」

「……助《たす》けてくれないなら放《ほう》っておいてよ」

ユウナちゃんは、かんちがいをしていた。

『牛乳《ぎゅうにゅう》カンパイ係《がかり》』の田中《たなか》くんが、自分《じぶん》を見捨《みす》てたのだと思《おも》っているんだ。

「ユウナ、聞《き》いてくれ」

「私《わたし》、わかっちゃった」

オニギリをお弁当箱《べんとうばこ》にしまってから、つづけた。

「田中《たなか》くんは、クラスで目《め》だちたいだけなんだよ。自分《じぶん》がクラスで目《め》だつついでに、困《こま》っているひとを助《たす》けていただけなんだ」

「それはちがう！」

「いいから、あっちにいって！」

なみだ目《め》のユウナちゃんは、はっきりと、田中《たなか》くんを拒否《きょひ》した。

「誤解《ごかい》だ、ユウナ……」

返事《へんじ》はない。

田中《たなか》くんも、黙《だま》ってしまった。

でも、もちろん、あきらめたわけではないんだよ。

田中《たなか》くんは、ぼくを見《み》てうなずくと、ユウナちゃんに背《せ》をむけた。

それから、小声《こごえ》で、こんなことをいったんだ。

「さっき教室《きょうしつ》で説明《せつめい》したとおりだ。【わらしべ長者《ちょうじゃ》ランチ作戦《さくせん》】だ。たのむぞ、ミノル」

そういいのこして、田中《たなか》くんは、校庭《こうてい》へと消《き》えていった。

「え～、ですから～、え～、給食《きゅうしょく》は中止《ちゅうし》になってしまいましたが～、え～、せっかくですので～、え～、全校児童《ぜんこうじどう》で楽《たの》しく～、え～、外《そと》で食事《しょくじ》を～、え～」

いつ終《お》わるかもわからない校長先生《こうちょうせんせい》の長《なが》い長《なが》いお話《はなし》が、無言《むごん》のぼくとユウナちゃんの間《あいだ》にひびく。

ユウナちゃんは、ぼくと目《め》が合《あ》ったけれども、さすがに怒《おこ》ることはしなかった。

「ミノルくんも、もういいから、放《ほう》っておいて」

「ユウナちゃん、まちがってるよ」

「……なに？」

ユウナちゃんの表情《ひょうじょう》が、かたくなった。

「田中《たなか》くんは、ユウナちゃんのことを、きちんと考《かんが》えてくれていたんだ」

「ウソだよ」

「本当《ほんとう》だよ。ユウナちゃんのトラブルは、いまから、解決《かいけつ》するんだよ」

「いまから？」

ユウナちゃんは、少《すこ》しだけ、あきれたような顔《かお》をした。

「もうあとは、お弁当《べんとう》を食《た》べるだけでしょ？　いまからキリンのキャラ弁《べん》をつくったって、まにあわないんだよ」

「つくらないよ」

「え？」

「キリンのキャラ弁《べん》は、つくらないんだ」

そりゃ、キャラ弁《べん》が用意《ようい》できれば、一番《いちばん》、簡単《かんたん》にごまかせる。

でも、そんなことをせずに解決《かいけつ》してしまうところが、田中《たなか》くんのすごいところなんだ。

「じゃあ、どうやって……？」

ユウナちゃんは困《こま》った顔《かお》をしている。

「田中《たなか》くんを信《しん》じれば、きっと、うまくいくよ」

ぼくが、そうだったんだ。

「ユウナちゃんも、田中《たなか》くんを信《しん》じてみてよ」

そんなことをしゃべりながら、すでにぼくは、田中《たなか》くんの指示《しじ》どおりに行動《こうどう》していた。

自分《じぶん》の家《いえ》から持《も》ってきたお弁当《べんとう》を、半分《はんぶん》にわけていたんだ。

お弁当箱《べんとうばこ》のフタの部分《ぶぶん》に自分《じぶん》の分《ぶん》のお弁当《べんとう》をのせる。

のこりの半分《はんぶん》を、ユウナちゃんに手渡《てわた》した。

「これを、どうするの？　これは、キリンのキャラ弁《べん》の代《か》わりにはならないのに」

ユウナちゃんがふしぎそうな顔《かお》をした。

そのとき。

「え～、みなさん～、え～、そろそろお腹《なか》がすいてきたでしょうから～、え～、『いただきます』をしようかと～、え～、ぬあ！　ぬあああ！　ぬああああああああっ！」

マイク越《ご》しに、校長先生《こうちょうせんせい》が叫《さけ》んだ。

全校集会中《ぜんこうしゅうかいちゅう》の校庭《こうてい》は、校舎《こうしゃ》のむこう側《がわ》だ。

ここ裏庭《うらにわ》からは、見《み》えない。

それでも、校長先生《こうちょうせんせい》が、かなりあわてているのがわかった。

「なんですかキミはっ？　朝礼台《ちょうれいだい》から降《お》りなさい！　ああ、田中《たなか》くんですね！　あ、こら！　マイクから手《て》をはなしなさい！　田中《たなか》くん、マイクから手《て》を、ぬあああっ！」

校長先生《こうちょうせんせい》の話《はなし》が、田中《たなか》くんによってさえぎられたようだ。

「いったいなにが、起《お》こっているの？」

校舎《こうしゃ》のむこう側《がわ》を気《き》にしながら、ユウナちゃんはおどろいている。
すると、田中《たなか》くんの大《おお》きな声《こえ》が、マイクで、裏庭《うらにわ》にまで届《とど》けられたんだ。

「おまえらぁ、ちゅうもーく！」

田中《たなか》くんはつづけた。

「いまからぁ、今日《きょう》の給食《きゅうしょく》の時間《じかん》のぉ、ルールを説明《せつめい》するぜっ！」

「ルール？」

スピーカーから聞《き》こえてくる田中《たなか》くんの声《こえ》に、ユウナちゃんは首《くび》をかしげた。

「さあ、ぼくたちも、校庭《こうてい》に急《いそ》がなくちゃ」

ぼくは、ユウナちゃんを連《つ》れて、校庭《こうてい》へむかった。

*

ちゅうもく!

「え、すごい！」

校庭《こうてい》に足《あし》をふみいれると、ユウナちゃんは声《こえ》をあげた。

学校《がっこう》のみんなが、お弁当箱《べんとうばこ》を片手《かたて》に、楽《たの》しそうに立《た》ち歩《ある》いていたんだから。

「からあげとプチトマト、こうかんしなーい？」

「サンドイッチほしいひと～？」

「たのむ！　そのウインナーを、この焼《や》き魚《ざかな》で、オレにゆずってくれ！」

クラスも、学年《がくねん》も、性別《せいべつ》も、関係《かんけい》ない。

お弁当《べんとう》を持《も》った児童《じどう》たちが、校庭内《こうていない》を歩《ある》きながら、おかずのこうかんをしていたんだ。

さっき、校長先生《こうちょうせんせい》から、無理《むり》やりマイクを奪《うば》った田中《たなか》くん。

あのあと、マイク越《ご》しに、こんな説明《せつめい》をはじめたんだよね。

「さあ、みんな！　今日《きょう》はせっかく5月《がつ》の空《そら》の下《した》で気持《きも》ちよく食《た》べるんだし、いつもとちがったことをやってみようぜ！

名《な》づけて、『わらしべ長者《ちょうじゃ》ランチ』だ！

ルールは簡単《かんたん》！　自分《じぶん》の持《も》ってる弁当《べんとう》のおかずと、ほかのひとの持《も》ってる弁当《べんとう》のおかず

の、こうかんだ！　くれぐれも食物《しょくもつ》アレルギーには気《き》をつけろよ！
おたがいに話《はな》し合《あ》って、話《はなし》がまとまれば、よし！
みんな、しゃべったことのないひととも、どんどん話《はな》し合《あ》って、こうかんしてみろよ！
おたがいに声《こえ》をかけ合《あ》って、楽《たの》しく食《く》って、どんどん友《とも》だちを増《ふ》やそうぜ！」

やっぱり、田中《たなか》くんはすごい。

最初《さいしょ》は怒《おこ》っていた先生《せんせい》たちまで、いつのまにやら「それもいいな」と、田中《たなか》くんのアイディアに賛成《さんせい》してしまった。

いまや、普段《ふだん》とちがう給食《きゅうしょく》の時間《じかん》に、学校全体《がっこうぜんたい》がもりあがっていた。

カップ麺《めん》のノリオなんか、「ひとくちちょうだい」と低学年《ていがくねん》の子《こ》たちに大人気《だいにんき》だ。

むかし話《ばなし》の『わらしべ長者《ちょうじゃ》』にヒントを得《え》た、田中《たなか》くんの【わらしべ長者《ちょうじゃ》ランチ作戦《さくせん》】は、大《おお》あたりだった。

＊

ぼくとユウナちゃんは、おかずこうかんでひとのあふれる校庭《こうてい》の中《なか》から、田中《たなか》くんを見《み》つけた。

全校児童《ぜんこうじどう》でいっぱいの校庭《こうてい》でも、田中《たなか》くんは、目《め》だっていた。

「みんな！　聞《き》いてくれ！」

呼《よ》びかける田中《たなか》くんのとなりには、泣《な》いている、低学年《ていがくねん》の小《ちい》さな男《おとこ》の子《こ》がいた。

「この1年生《ねんせい》が、自分《じぶん》のお弁当箱《べんとうばこ》を、ひっくりかえしちゃったんだ」

ああ。

たまに、あるんだよね。

お弁当箱《べんとうばこ》をひっくりかえして、食事《しょくじ》が台《だい》なしになっちゃうことが。

前《まえ》の学校《がっこう》の遠足《えんそく》で、弁当箱《べんとうばこ》をひっくりかえした経験《けいけん》が、ぼくにもあった。

あの絶望感《ぜつぼうかん》は、本当《ほんとう》にきつい。

「できる範囲《はんい》でかまわないから、みんな、この子《こ》におかずをわけてくれ！」

ぼくは同《おな》じ経験《けいけん》をしているからこそ、特別《とくべつ》に奮発《ふんぱつ》して、大好《だいす》きなミニ・ハンバーグをこの男《おとこ》の子《こ》にあげることにした。

田中《たなか》くんが、ユウナちゃんに近《ちか》づく。

「ユウナも、なにかくれよ」

「もちろん」

「そうだなぁ……あ！　コレ、くれよ」

黄色《きいろ》い、卵焼《たまごや》きだ。

「うん。いいよ。他《ほか》には？」

「これが、いい。この、黄色《きいろ》いおかずが、いいんだ」

黄色《きいろ》い、おかず。

田中《たなか》くんは、そういういい方《かた》をした。

どういうわけだか、田中《たなか》くんは、強《つよ》い意志《いし》をもって、黄色《きいろ》い卵焼《たまごや》きを指定《してい》してきたんだ。

田中《たなか》くんの声《こえ》かけで、みんなのやさしさが、どんどん集《あつ》まってきた。

あっというまに、男《おとこ》の子《こ》のお弁当箱《べんとうばこ》のフタの上《うえ》は、のりきらないほどのおかずでいっぱいだ。

「ありがとう、田中《たなか》くん」

「おいおい。お礼《れい》は、わけてくれたひとたちにいわなきゃな」

1年生《ねんせい》の男《おとこ》の子《こ》は「あ、そっか」と、あわててみんなに感謝《かんしゃ》した。さっきまでべそをかいていたのに、もうわらっている。

「でもね、田中《たなか》くん。ぼくね、こんなにたくさんは、食《た》べきれないよ」

「そうか。それなら今日《きょう》、弁当《べんとう》を忘《わす》れてきた友《とも》だちは、いるか?」

「うん」

「その子《こ》にも、わけてやれ」

「うーん」

男《おとこ》の子《こ》は、首《くび》をかしげた。

「その子《こ》はね、いっつも、ひとりでいるからね、ぼくは、その子《こ》とね、しゃべったことは、ないんだよね」

「じゃあ、チャンスじゃないか!」

田中《たなか》くんはイッキにテンションをあげた。

「一緒《いっしょ》に食《た》べて、仲《なか》よくなれよ！」

「うん！　わかった！」

納得《なっとく》した男《おとこ》の子《こ》のまわりには、クラスの友《とも》だちが集《あつ》まっている。

「おまえのが、いちばん、ごうかになったな」

「いいなー。いいなー」

「なぁ、ごはん、いる？　ごはん。代《か》わりに、ハンバーグ、くれよ」

「やだよーん。へへへ」

小《ちい》さな男《おとこ》の子《こ》は、まわりの友《とも》だちと一緒《いっしょ》に、校庭《こうてい》のはしへはしっていく。

そこには、ひとりでぽつんと金網《かなあみ》に寄《よ》りかかる、小《ちい》さな女《おんな》の子《こ》がいた。

「仲《なか》よくなれるといいなぁ」

男《おとこ》の子《こ》たちになのか、それとも小《ちい》さな女《おんな》の子《こ》にむけてなのか、田中《たなか》くんは期待《きたい》をこめてつぶやいた。

＊

そんな低学年《ていがくねん》の男《おとこ》の子《こ》たちと、ちょうどいれちがいで。

「あ、いたいた！」

「ユウナ！」

「どこにいたの？」

ユウナちゃんのグループの女子《じょし》3人《にん》が、ぼくたちのほうへと、駆《か》け寄《よ》ってきたんだ。

「あ、みんな」

どうしよう、と小声《こごえ》でもらす、ユウナちゃん。

目線《めせん》を手元《てもと》におとしたけれど、もちろんキリンのキャラ弁《べん》はない。

いま、ユウナちゃんが持《も》っているのは、ぼくが半分《はんぶん》だけあげたお弁当《べんとう》なんだから。

「あれっ？　キリンは？　キリンはどこ？」

ユウナちゃんの手元《てもと》を見《み》て、女《おんな》の子《こ》3人《にん》は、不満《ふまん》そうにこういった。

「キリンのキャラ弁《べん》は？」

「ユウナ、約束《やくそく》したよね？」

「まさか、約束《やくそく》を、破《やぶ》ったんじゃないよね？」

希望《きぼう》が通《とお》っていないと知《し》った女《おんな》の子《こ》3人《にん》は、するどい目《め》で、ユウナちゃんをほとんどにらんでいる。

「あの、じつはね……」

まじめなユウナちゃんが、謝《あやま》ろうとした、そのとき。


「いやぁ、もしかして、それは、オレのせいかもしれないなぁ〜っ」


すっとぼけた大声《おおごえ》で、田中《たなか》くんは、女《おんな》の子《こ》たちの会話《かいわ》に、割《わ》ってはいっていく。

「田中《たなか》くんのせい？」

女《おんな》の子《こ》たちは、疑問顔《ぎもんがお》。

「いや、じつはさ、さっき弁当箱《べんとうばこ》をひっくりかえした1年生《ねんせい》がいてね」

これは、ウソじゃない。

「さっきオレさぁ、『ユウナも、なにかくれよ』っていいながら、黄色《きいろ》いナニカを、とっちゃったんだよなぁ」

「「「黄色《きいろ》い、ナニカ？」」」

「ひょっとしたら、あれが、キリンだったのかなぁ？　黄色《きいろ》かったしなぁ。うん、黄色《きいろ》かった。じつに黄色《きいろ》でした。黄色《きいろ》……って、３人《にん》ともキリンさん食《た》べちゃって、ゴメンね！」

これは、半分《はんぶん》は、ウソだ。

田中《たなか》くんがユウナちゃんからもらっていったのは、ただのふつうの卵焼《たまごや》きだ。ぼくの母《かあ》さんがつくったんだ。

田中《たなか》くんだって、もちろん、そんなことはわかっていっている。

「えー。田中《たなか》くん、ちょっとキリンさんかえしてよー！」

事情《じじょう》を知《し》らない女子《じょし》３人《にん》は、怒《おこ》る。

「キリンのキャラ弁《べん》、昨日《きのう》からずっと、楽《たの》しみにしてたんだよ！」

「許《ゆる》してくれよ。１年生《ねんせい》が弁当《べんとう》をひっくりかえして、泣《な》いていたら、助《たす》けないわけにはいかないだろう？」

「まぁ、それはそうだけど……」

「なにも、あのキリンを、あげなくてもよかったのに！」

いまや、キリンのキャラ弁《べん》がないことへのいかりは、ユウナちゃんにではなく、田中《たなか》くんにむけられている。

「もう！」

「信《しん》じらんない！」

女《おんな》の子《こ》たちは口々《くちぐち》に、田中《たなか》くんを責《せ》める。

「いや、ゴメン。ホントに、ゴメン」

謝《あやま》りつづける田中《たなか》くんを見《み》て、ぼくは、田中《たなか》くんのことを本当《ほんとう》に尊敬《そんけい》してしまった。

すごいよ、田中《たなか》くん！

田中《たなか》くんは、自分《じぶん》が悪者《わるもの》になることで、ユウナちゃんのトラブルをやっつけたんだ。そりゃ「1年生《ねんせい》が弁当《べんとう》をひっくりかえして泣《な》いていたのでキリンをあげた」といえば、怒《おこ》るわけにもいかないもんね。

しかも、全校児童《ぜんこうじどう》でおかずのこうかんをするんだから、会話《かいわ》が生《う》まれて、仲間《なかま》はずれの子《こ》もいなくなるよ。実際《じっさい》、さっきのお弁当箱《べんとうばこ》をひっくりかえした1年生《ねんせい》だって、さみしそうにしていた女《おんな》の子《こ》と一緒《いっしょ》に、楽《たの》しくお弁当《べんとう》を食《た》べているんだ。

こうして、田中《たなか》くんはふたつの問題《もんだい》を、同時《どうじ》に解決《かいけつ》した。

「牛乳《ぎゅうにゅう》カンパイ係《がかり》か……」

田中《たなか》くんがいれば、ぼくも牛乳《ぎゅうにゅう》を好《す》きになれるかもしれない。

楽《たの》しそうにわらう田中《たなか》くんを見《み》て、たしかにそんな気持《きも》ちがしたんだ。

9杯目《はいめ》

牛《ぎゅう》乳《にゅう》でカンパイだ！

ユウナちゃんたち4人《にん》と、ぼくと、田中《たなか》くん。

合計《ごうけい》6人《にん》で、一緒《いっしょ》にお弁当《べんとう》を食《た》べることにした。

レジャーシートの上《うえ》で、遠足《えんそく》みたいに、輪《わ》になって座《すわ》る。

ふと、ここで。

となりに座《すわ》るユウナちゃんに、田中《たなか》くんが、こっそりと、こんなことをいった。

「本当《ほんとう》に、うらやましいよ」

田中《たなか》くんの急《きゅう》な発言《はつげん》に、ユウナちゃんは首《くび》をかしげた。

このとき、ユウナちゃんは、爆弾《ばくだん》オニギリを食《た》べているところだった。女《おんな》の子《こ》3人《にん》には、
誰《だれ》かとこうかんしたものに見《み》えているんだろうけど。

「そのオニギリは、いつもは料理《りょうり》をしないお父《とう》さんが、わざわざ、つくってくれたんだろ？」

どうしたのかな？

田中《たなか》くんは、なんだかこころの底《そこ》から、うらやましそうな顔《かお》をしている。

「親《おや》の弁当《べんとう》って、やっぱり、いいよなぁ」

ああ！

そうか！

田中《たなか》くんのお弁当《べんとう》は、親《おや》がつくったものじゃあないんだよ！

お父《とう》さんは、世界一周客船《せかいいっしゅうきゃくせん》のコックだから家《いえ》にはいない。お母《かあ》さんは、亡《な》くなっている。

料理《りょうり》のうまいおばあちゃんがつくったのか。あるいは、田中《たなか》くん自身《じしん》が早起《はやお》きしてつくったのか。

そうだよね。

田中《たなか》くんだって、本当《ほんとう》は、少《すこ》しさみしかったのかもしれない。

親《おや》のつくったお弁当《べんとう》を、学校《がっこう》に持《も》ってきたかったのかもしれない。

けれど、そのときぼくのこころに浮《う》かんだ気持《きも》ちは、「田中《たなか》くんって、かわいそう」ではなかった。

やっぱり、田中《たなか》くんは、すごいなぁ！

ぼくは、ものすごく、尊敬《そんけい》したんだ。

だって、田中《たなか》くんは、自分《じぶん》がさみしいことなんておかまいなしで、みんなのさみしさを気《き》にかけてくれていたんだからね。


お弁当《べんとう》を食《た》べている間《あいだ》も、病院《びょういん》から連絡《れんらく》はこなかった。ユウナちゃんのお母《かあ》さんは、きっと、回復《かいふく》してきたんだろう。

ぼくたちは、なんの心配《しんぱい》もなく、外《そと》でのお弁当《べんとう》を楽《たの》しむことができたんだ。

にこにこ顔《がお》のユウナちゃんに、田中《たなか》くんがいった。

「弁当《べんとう》、うまいな！」

「うん！」

裏庭《うらにわ》で、ひとりぽつんと、オニギリを手《て》にしていた、ユウナちゃん。

あのときの悲《かな》しそうな顔《かお》は、もう、ここにはない。

ユウナちゃんは、お父《とう》さんのつくった爆弾《ばくだん》オニギリを食《た》べながら、とびっきりの笑顔《えがお》で、こうつづけたんだ。

「みんなで食《た》べると、もっと、おいしいね！」

*

「さいごに、あとひとつだけ、やることがあるんだったっけ」

田中《たなか》くんは、食事《しょくじ》をいちはやく終《お》えると、そういいのこして、校舎《こうしゃ》のほうへはしっていった。

しばらくすると——。

校庭《こうてい》の児童《じどう》たちが、急《きゅう》に、ざわつきはじめたんだ。

それもそのはず。

田中《たなか》くんの押《お》す、給食配膳台《きゅうしょくはいぜんだい》が、校庭《こうてい》にはいってきたんだから。

しかも、配膳台《はいぜんだい》の上《うえ》には、なにかが、山積《やまづ》みになっていた。

朝礼台《ちょうれいだい》の前《まえ》で、田中《たなか》くんは、配膳台《はいぜんだい》を止《と》めた。

マイクを手《て》にして、こう叫《さけ》ぶ。

「みんな！　全校児童分《ぜんこうじどうぶん》の、牛乳《ぎゅうにゅう》を、持《も》ってきたぞ！」

先生《せんせい》たちも協力《きょうりょく》して、全校児童《ぜんこうじどう》に、牛乳《ぎゅうにゅう》が配《くば》られていく。

ユウナちゃんは、心配《しんぱい》そうに、ぼくのほうをむいた。

「ミノルくん、牛乳《ぎゅうにゅう》だって。困《こま》ったね」

「へへへ。それは、どうかなぁ？」

「え？」

じつは。昨日《きのう》、家《いえ》に帰《かえ》ってから。

牛乳《ぎゅうにゅう》を飲《の》んでみたんだよ。

田中《たなか》くんにたよるだけじゃあ、ダメなんじゃないかなって思《おも》ったからね。


——きらいな食《た》べ物《もの》がなければ、給食《きゅうしょく》は、もっと楽《たの》しくなるんだぞ。

いつかの田中《たなか》くんとの会話《かいわ》に、ぼくの気持《きも》ちは、動《うご》かされていたんだ。

「おまえらぁ、ちゅうもーく！」

キャップを開《あ》けて、ビンを持《も》ち、全校児童《ぜんこうじどう》が田中《たなか》くんに注目《ちゅうもく》している。

田中《たなか》くんが、叫《さけ》んだ。

「楽《たの》しい給食《きゅうしょく》の時間《じかん》にい……」

「「カンパーイ！」」

朝礼台《ちょうれいだい》の田中《たなか》くんは、ぼくの様子《ようす》を、気《き》にかけているようだった。

うん。だいじょうぶ。

ぼくは手《て》に持《も》った牛乳《ぎゅうにゅう》ビンを口《くち》に寄《よ》せ、ビンの口《くち》をかたむけた。

ひとくち飲《の》んだその味《あじ》は、いままでのどんな牛乳《ぎゅうにゅう》よりも、ずっと、おいしかったんだ。

この物語《ものがたり》はフィクションです。実際《じっさい》に食事《しょくじ》をする際《さい》は、食品《しょくひん》のアレルギーなどに十分《じゅうぶん》に注意《ちゅうい》してバランスのいい食事《しょくじ》を心《こころ》がけましょう！

集英社みらい文庫

牛乳《ぎゅうにゅう》カンパイ係《がかり》、田中《たなか》くん

めざせ！給食《きゅうしょく》マスター

並木《なみき》たかあき 作

フルカワマモる 絵

ファンレターのあて先
〒101-8050 東京都千代田区一ツ橋2-5-10 集英社みらい文庫編集部
いただいたお便りは編集部から先生におわたしいたします。

2016年8月31日 第1刷発行

発行者 鈴木晴彦
発行所 株式会社 集英社
〒101-8050 東京都千代田区一ツ橋2-5-10
電話 編集部 03-3230-6246
読者係 03-3230-6080
販売部 03-3230-6393(書店専用)
http://miraibunko.jp
装丁 高岡美幸（POCKET） 中島由佳理
印刷 図書印刷株式会社 凸版印刷株式会社
製本 図書印刷株式会社

★この作品はフィクションです。実在の人物・団体・事件などにはいっさい関係ありません。
ISBN978-4-08-321335-9 C8293 N.D.C.913 168P 18cm

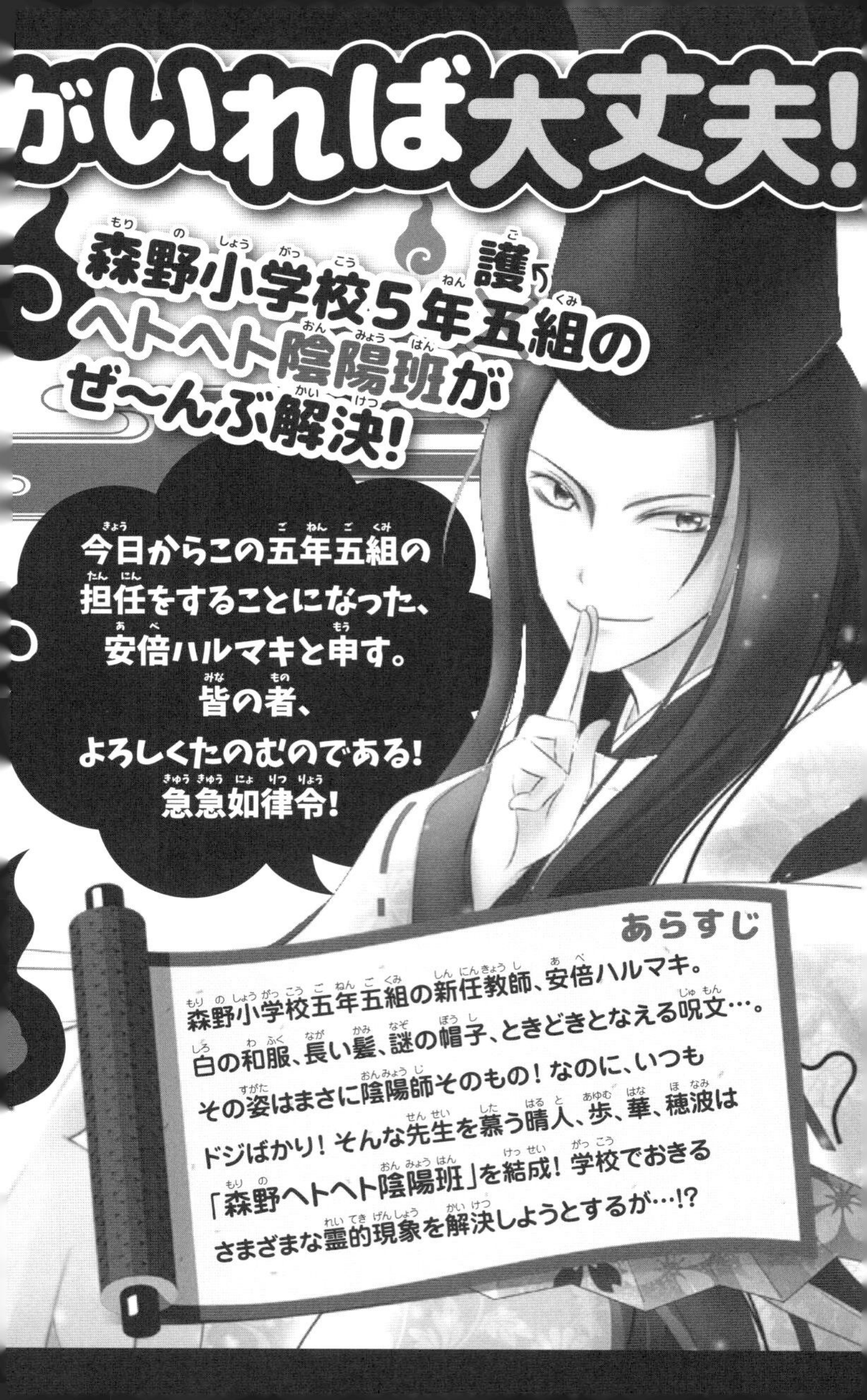

がいれば大丈夫！
森《もり》野《の》小《しょう》学《がっ》校《こう》5年《ねん》五組《くみ》の
護《ご》
ヘトヘト陰《おん》陽《みょう》班《はん》が
ぜ〜んぶ解《かい》決《けつ》！
今日《きょう》からこの五年五組《ごねんごくみ》の
担任《たんにん》をすることになった、
安倍《あべ》ハルマキと申《もう》す。
皆《みな》の者《もの》、
よろしくたのむのである！
急急如律令《きゅうきゅうにょりつりょう》！
あらすじ
森野小学校五年五組《もりのしょうがっこうごねんごくみ》の新任教師《しんにんきょうし》、安倍《あべ》ハルマキ。
白《しろ》の和服《わふく》、長《なが》い髪《かみ》、謎《なぞ》の帽子《ぼうし》、ときどきとなえる呪文《じゅもん》…。
その姿《すがた》はまさに陰陽師《おんみょうじ》そのもの！ なのに、いつも
ドジばかり！ そんな先生《せんせい》を慕《した》う晴人《はると》、歩《あゆむ》、華《はな》、穂波《ほなみ》は
「森野《もりの》ヘトヘト陰陽班《おんみょうはん》」を結成《けっせい》！ 学校《がっこう》でおきる
さまざまな霊的現象《れいてきげんしょう》を解決《かいけつ》しようとするが…!?

こわくても、先生
五《ご》年《ねん》護組《くみ》
陰陽師《おんみょうじ》
先生《せんせい》
結成！ヘトヘト陰陽班
五十嵐ゆうさく・作
塩島れい・絵
こんな先生《せんせい》いたらいいな〜！
五《ご》年《ねん》護《ご》組《くみ》・陰《おん》陽《みょう》師《じ》先《せん》生《せい》
結《けっ》成《せい》！ヘトヘト陰《おん》陽《みょう》班《はん》
作《さく》・五十嵐《いがらし》ゆうさく 絵《え》・塩島《しおじま》れい
2016年9月《がつ》23日《にち》金 発《はつ》売《ばい》予《よ》定《てい》！

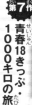

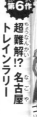

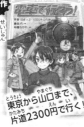

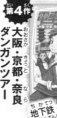

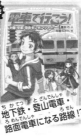

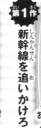

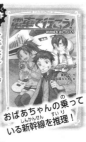

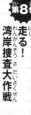

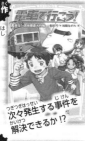

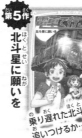

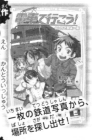

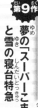

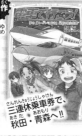

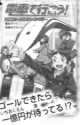

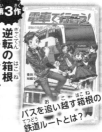

集英社みらい文

第《だい》10作《さく》

特急《とっきゅう》ラピートで海《うみ》をわたれ!!

関西《かんさい》の二大空港特急《にだいくうこうとっきゅう》を制覇《せいは》!!

第《だい》11作《さく》

GO《ゴー》! GO《ゴー》! 九州新幹線《きゅうしゅうしんかんせん》!!

えっ!? 150円《えん》で新幹線《しんかんせん》に乗《の》る!?

第《だい》12作《さく》

乗客《じょうきゃく》が消《き》えた!? 南国《なんごく》トレイン・ミステリー!!

特急内《とっきゅうない》で消《き》えたおじさんの行方《ゆくえ》は!?

第《だい》13作《さく》

ショートトリップ&《アンド》トリック! 京王線《けいおうせん》で行《い》く高尾山《たかおさん》!!

ワープするおじいさんの謎《なぞ》を解《と》き明《あ》かせるか?

第《だい》14作《さく》

サンライズ出雲《いずも》と、夢《ゆめ》の一畑電車《いちばたでんしゃ》!

雄太《ゆうた》、「本物《ほんもの》」の電車《でんしゃ》を運転《うんてん》する!?

第《だい》15作《さく》

ハートのつり革《かわ》を探《さが》せ! 駿豆線《すんずせん》とリゾート21で伊豆大探検《いずだいたんけん》!!

探《さが》し出《だ》せるか? 発見《はっけん》確率《かくりつ》は2086分《ぶん》の1!

第《だい》16作《さく》

北陸新幹線《ほくりくしんかんせん》とアルペンルートで、極秘《ごくひ》の大脱出《だいだっしゅつ》!

鉄道《てつどう》ウラワザで追手《おって》から逃《に》げろ!

第《だい》17作《さく》

山手線《やまのてせん》で東京《とうきょう》・鉄道《てつどう》スポット探検《たんけん》!

年末年始《ねんまつねんし》の特別《とくべつ》な電車体験《でんしゃたいけん》!

第《だい》18作《さく》

川崎《かわさき》の秘境駅《ひきょうえき》と、京急線《けいきゅうせん》で桜前線《さくらぜんせん》を追《お》え!

雄太初《ゆうたはつ》の大《だい》ピンチ! 新幹線《しんかんせん》に間《ま》に合《あ》わない!?

最新刊《さいしんかん》! 第《だい》19作《さく》

北海道新幹線《ほっかいどうしんかんせん》と函館本線《はこだてほんせん》の謎《なぞ》。時間《じかん》を超《こ》えたミステリー!

一《ひと》つの手《て》がかりから、函館《はこだて》の鉄道《てつどう》の謎《なぞ》を解《と》き明《あか》かせ!

スペシャル

電車検定《でんしゃけんてい》 電車《でんしゃ》で行《い》こう! スペシャル版《ばん》!!

T3&KTT《ティースリーアンドケーティーティー》と一緒《いっしょ》に、電車《でんしゃ》の難問《なんもん》100問《もん》に挑戦《ちょうせん》!

スーパースタンプノート 電車《でんしゃ》で行《い》こう! スペシャル版《ばん》!!

スタンプ100個集《こあつ》めて、スタンプマスターになろう!

「みらい文庫《ぶんこ》」読者《どくしゃ》のみなさんへ

言葉《ことば》を学《まな》ぶ、感性《かんせい》を磨《みが》く、創造力《そうぞうりょく》を育《はぐく》む……、読書《どくしょ》は「人間力《にんげんりょく》」を高《たか》めるために欠《か》かせません。たった一枚《いちまい》のページをめくる向《む》こう側《がわ》に、未知《みち》の世界《せかい》、ドキドキのみらいが無限《むげん》に広《ひろ》がっている。これこそが「本《ほん》」だけが持《も》っているパワーです。

学校《がっこう》の朝《あさ》の読書《どくしょ》に、休《やす》み時間《じかん》に、放課後《ほうかご》に……。いつでも、どこでも、すぐに続《つづ》きを読《よ》みたくなるような、魅力《みりょく》に溢《あふ》れる本《ほん》をたくさん揃《そろ》えていきたい。読書《どくしょ》がくれる、心《こころ》がきらきらしたり胸《むね》がきゅんとする瞬間《しゅんかん》を体験《たいけん》してほしい、楽《たの》しんでほしい。みらいの日本《にほん》、そして世界《せかい》を担《にな》うみなさんが、やがて大人《おとな》になった時《とき》、「読書《どくしょ》の魅力《みりょく》を初《はじ》めて知《し》った本《ほん》」「自分《じぶん》のおこづかいで初《はじ》めて買《か》った一冊《いっさつ》」と思《おも》い出《だ》してくれるような作品《さくひん》を一所懸命《いっしょけんめい》、大切《たいせつ》に創《つく》っていきたい。

そんないっぱいの想《おも》いを込《こ》めながら、作家《さっか》の先生方《せんせいがた》と一緒《いっしょ》に、私《わたし》たちは素敵《すてき》な本作《ほんづく》りを続《つづ》けていきます。「みらい文庫《ぶんこ》」は、無限《むげん》の宇宙《うちゅう》に浮《う》かぶ星《ほし》のように、夢《ゆめ》をたたえ輝《かがや》きながら、次々《つぎつぎ》と新《あたら》しく生《う》まれ続《つづ》けます。

本《ほん》を持《も》つ、その手《て》の中《なか》に、ドキドキするみらい――。

本《ほん》の宇宙《うちゅう》から、自分《じぶん》だけの健《すこ》やかな空想力《くうそうりょく》を育《そだ》て、〝みらいの星《ほし》〟をたくさん見《み》つけてください。そして、大切《たいせつ》なこと、大切《たいせつ》な人《ひと》をきちんと守《まも》る、強《つよ》くて、やさしい大人《おとな》になってくれることを心《こころ》から願《ねが》っています。

２０１１年《ねん》　春《はる》

集英社《しゅうえいしゃ》みらい文庫編集部《ぶんこへんしゅうぶ》